Frauke Scheunemann

Winston
Lizenz zum Mäusejagen

Alle Bände von **WINSTON**:

Band 1: Ein Kater in geheimer Mission
Band 2: Agent auf leisen Pfoten
Band 3: Jagd auf die Tresorräuber
Band 4: Im Auftrag der Ölsardine
Band 5: Kater undercover
Band 6: Lizenz zum Mäusejagen

Frauke Scheunemann

WINSTON

Lizenz zum Mäusejagen

Loewe

Für Winstons Freund Aron

FSC
www.fsc.org
MIX
Papier aus verantwortungsvollen Quellen
FSC® C014496

ISBN 978-3-7855-8242-8
1. Auflage 2017

Umschlaggestaltung: Michael Dietrich
Printed in Germany

www.loewe-verlag.de

Prolog –
oder: Warum auch Spitzendetektive manchmal den Halt verlieren …

»Komm schon her, du mickriger, kleiner Kater! So was wie dich fresse ich jeden Morgen zum Frühstück. Und dann bin ich nicht mal satt!«

Heilige Ölsardine! Vor mir auf dem Dachbalken sitzt ein Monster mit funkelnden giftgelben Augen und faucht mich an! Es ist gigantisch groß – mindestens doppelt so groß wie mein dicker Katzenfreund Spike und noch mal doppelt so breit. Ich bin wirklich ein ausgesprochen mutiger Kater, aber gerade jetzt sträuben sich bei mir alle Haare von der Schwanzspitze bis rauf zu den Ohren. Das Monster fletscht seine Zähne, vier riesige Schneidezähne blitzen auf. Schätze mal, damit kann es ganz schön fest zubeißen. Unsicher weiche ich einen Schritt zurück. Bloß nicht die Balance verlieren! Immerhin schwebt der Balken, auf dem wir uns befinden, mindestens fünf Meter über dem Boden!

»Na, machst du dir vor Angst schon in die Hosen?«, höhnt das Monster. »Kein Wunder. Gegen mich hast du auch überhaupt keine Chance. Hau am besten ab. So schnell du kannst und so weit weg, wie du kannst. Sonst mache ich Hackfleisch aus dir!«

Das klingt nicht gut. Also – nichts gegen Hackfleisch an sich! Wenn unsere Haushälterin Anna mir feinstes Beeftartar mit einem Hauch Petersilie serviert, bin ich damit selbstverständlich sehr einverstanden. Ich selbst möchte aber nicht zu selbigem verarbeitet werden, ich glaube nämlich, Frikadelle steht mir nicht. Andererseits: einfach den Schwanz einkneifen? Ich? Winston Churchill? Der schlauste und mutigste Kater der Welt? Auf gar keinen Fall!

»Ähm, ich glaube, das ist hier ein kleines Missverständnis, mein Herr. Ich suche überhaupt keinen Streit, sondern meine Herzallerliebste. Odette. Auffallend schöne weiße Katze. Haben Sie sie vielleicht irgendwo gesehen?«

Jetzt ist es das Monster, das einen Schritt zurückweicht. Offenbar muss es überlegen und das kann es wohl nicht so gut, wenn es geifernd direkt vor meiner Nase steht.

»Meinst du vielleicht so 'ne fette Langhaarige? Kurzatmig? Schnauft ganz schön bei jedem Schritt?«

Heilige Ölsardine! Spricht der etwa so über meine Odette? Was für eine Frechheit! Allein dafür müsste ich ihn schon zum Duell fordern. Gut, sie hat um die Hüften ein bisschen zugelegt – aber dafür gibt es schließlich einen guten Grund! Ach, was sage ich: den besten Grund überhaupt!

»Odette ist nicht fett. Sie ist wunderschön!«, fauche ich das Monster an. »Also, hast du sie jetzt gesehen oder nicht? Ich will eine Antwort, und zwar zackig!«

Aber anstatt zu antworten, macht das Monster einen riesigen Satz nach vorn und haut mit seinen Pranken ganz fest auf meine empfindliche Nase. Ein stechender Schmerz fährt mir durch den gesamten Körper, ich verliere das Gleichgewicht und kann mich auf dem Holzbalken nicht länger halten. Noch im Fallen registriere ich, wie das Monster irgendjemandem, der unten stehen muss, ein Zeichen gibt. Dann wird mir schwarz vor Augen …

Liebe im halben Dutzend

»So, Kira, und wenn du mal hier guckst, dann kannst du es ziemlich genau sehen.« Tierärztin Frau Dr. Wilmes dreht den kleinen Fernseher zu Kira und mir hinüber, während sie gleichzeitig weiter mit einer Art Stab über Odettes Bäuchlein fährt. »Eins, zwei, drei, vier … und hier ist Nummer fünf. Fünf kleine Katzenbabys tummeln sich in Odettes Bauch.« Sie hält kurz inne. »Oh, und hier sehe ich sogar ein sechstes Kätzchen! Herzlichen Glückwunsch, das ist schon eine ziemliche Wurfgröße!«

Ungläubig staunend betrachte ich das graue Gewusel auf dem Fernsehschirm. Das sollen Kätzchen sein? Odettes Babys? *Meine* Babys? Und wie kommen die in den Fernseher hinein? Vorsichtig tapse ich nach vorn und beschnuppere den Bildschirm. Frau Dr. Wilmes lacht.

»Ja, da staunst du, Winston, oder? Ist schon aufregend, Vater zu werden.«

Vater. Wie das klingt! Fast ein bisschen gruselig. Und so richtig viel darunter vorstellen kann ich mir auch nicht. Meinen eigenen Vater habe ich nie kennengelernt. Ein

Foto habe ich von ihm gesehen, an der Pinnwand meines Züchters: Leroy of Riverbanks-Mulberry. Er war ein edler Britisch-Kurzhaar-Champion mit grauem Pelz und majestätischer Haltung. Aber ob er ein guter Vater gewesen wäre – keine Ahnung. Mir fehlt also eindeutig ein Vorbild.

Werner Hagedorn, der Mensch, mit dem ich schon seit Urzeiten zusammenlebe, ist auch kein Vater, weil er schließlich keine Kinder hat. Wobei – so ganz stimmt das nicht. Wir leben nun schon seit einer Weile mit Kira und ihrer Mutter Anna zusammen. Kira ist dreizehn und meine beste Menschenfreundin, ihre Mutter Anna kam als Werners Haushälterin zu uns. Bald aber haben sich Anna und Werner ineinander verliebt und sind jetzt ein Paar, und mit Kira wurde aus ihnen eine Familie. Jedenfalls glaube ich, mittlerweile ist Werner schon so etwas Ähnliches wie ein Vater für Kira. Er hilft ihr bei den Hausaufgaben oder fährt sie zur Schule, wenn das Wetter sehr schlecht ist. Genau wie Anna schimpft Werner mit Kira, wenn sie überall ihre Sachen rumfliegen lässt oder zu spät zur Schule losradelt. Und er schummelt für sie und gibt ihr ein Entschuldigungsschreiben, wenn sie die Hausaufgaben mal nicht gemacht hat. Dann behauptet er, er habe die Aufgaben aus Versehen eingesteckt und mit in sein Büro an die Universität genommen. Werner ist dort nämlich Professor für Physik und die meisten Lehrer sind davon sehr beeindruckt. Also meckern sie dann nicht mit Anna. Ein toller Trick!

Wie komme ich jetzt da drauf? Ach, genau – Vater sein. Vielleicht ist ein guter Vater genau so: Jemand, der mit dir schimpft, wenn du Mist gebaut hast, aber dich trotzdem nicht hängen lässt und dir hilft, Sachen wieder geradezubiegen. So ein Vater würde ich auch gern für Odettes und meine Katzenbabys sein. Auch wenn die natürlich nicht zur Schule gehen werden. Außer in die Schule des Lebens!

»Was meinen Sie, wann die Kätzchen zur Welt kommen werden?«, erkundigt sich Werner bei Frau Dr. Wilmes. Die wirft daraufhin noch mal einen Blick auf den Fernseher und überlegt kurz.

»Hm, die normale Tragezeit bei Katzen ist 63 Tage. Ich schätze mal, die Kleinen brauchen noch eine gute Woche – also nächstes Wochenende sollten Sie schon mal die Wurfbox bereitstellen.«

»Nächstes Wochenende? Wurfbox?«, fragt Werner und klingt dabei alles andere als begeistert.

»Ja, heute ist Freitag, und in ungefähr acht Tagen rechne ich mit Nachwuchs für Ihre weiße Schönheit. Und so eine Wurfbox sollten Sie schon für die Mutter und ihre Kleinen bauen, Herr Hagedorn. Muss ja nichts Aufwendiges sein.«

»Mist!«, nuschelt Werner.

»Wie bitte?«, fragt Frau Dr. Wilmes streng nach. »Freuen Sie sich etwa nicht?«

»Doch, doch!«, beeilt sich mein Herrchen zu versichern. »Es ist nur so: Ich heirate nächstes Wochenende und bin dann gar nicht in Hamburg. Sondern in der Lüneburger Heide. Meine Verlobte hat einen ganz entzückenden Gutshof auf dem Land gefunden, auf dem wir heiraten werden.«

Frau Dr. Wilmes runzelt die Stirn.

»Verstehe. Da passt so eine Katzengeburt natürlich nicht richtig in die Planungen. Allerdings würde ich auch davon abraten, die Katze ganz allein zu lassen. Sicher, die meisten Katzen bringen ihre Babys ohne Unterstützung zur Welt. Aber falls doch mal etwas schiefgeht, wäre es schon gut, wenn es jemand bemerken und mich zur Hilfe holen würde. Ich will Ihnen keine Angst machen, aber Sie wollen doch sicherlich nicht riskieren, dass Odette oder den Babys etwas zustößt.«

MAUNZ!!! Nein, das wollen wir auf gar keinen Fall! Aufgeregt springe ich vom Tisch und kralle mich an Werners Hose.

»Aua, Winston! Spinnst du? Das tut weh! Böser Kater!«, schimpft Werner.

»Wieso denn?«, verteidigt mich Kira. »Er hat nur Angst um seine Freundin Odette! Das ist doch wohl logisch.«

Frau Dr. Wilmes lacht. »Ja, das schaut tatsächlich ganz danach aus. Aber wie wäre es damit: Sie bringen die werdende Katzenmama über das Wochenende in die Katzenpension. Oder in die Tierklinik. Dann können Sie ganz beruhigt Ihre Hochzeit feiern und wenn Sie wiederkommen, sind die Babys wahrscheinlich schon da.«

Bei meinem Lieblingskratzbaum! Das ist die allerschlechteste Idee, die ich jemals gehört habe! Ich will Odette nicht alleine lassen und ich will dabei sein, wenn mein allerliebstes Herrchen heiratet. Das ist schließlich eine Familienfeier, die KANN ohne mich NICHT stattfinden! Ich fauche wütend und kralle mich erneut an Werners Hose fest.

»Autsch, Mist!«, ruft der und versucht, sein Bein wegzuziehen, was ihm natürlich nicht gelingt, ohne dass ich mich noch fester kralle. »Winston!«, heult er auf. »Nun lass das doch!« Ich denke gar nicht dran!

»Winston findet die Idee mit der Pension doof«, kichert Kira. »Wundert mich nicht. Er will Odette bestimmt bei der Hochzeit dabeihaben. Ist ja schließlich ein Familienfest.«

Kira ist einfach die Beste! Und sie kann eindeutig meine Gedanken lesen. Was kein Wunder ist. Schließlich haben wir zu Beginn unserer Freundschaft einmal aus Versehen die Körper getauscht. Ja – ganz recht! Sie steckte in meinem Körper und lebte eine Zeit lang als Katze und ich musste in ihrem Körper zur Schule gehen. Eine furchtbare Erfahrung! Führte allerdings dazu, dass ich lesen kann. Gott sei Dank konnten wir zurücktauschen – aber diese sehr nützliche Fähigkeit habe ich behalten.

Werner betrachtet mich nachdenklich.

»Vielleicht hast du recht, Kira. Frau Wilmes, denken Sie, wir könnten Odette so einfach mitnehmen? Auf den Gutshof in der Heide? In eine fremde Umgebung? Vielleicht haben die dort ja sogar so eine Wurfbox, von der Sie eben gesprochen haben?«

Sie nickt.

»Natürlich, warum nicht? Eine Tierpension wäre für Odette schließlich auch fremd. Wichtig ist nur, dass sie ein ruhiges Eckchen hat, in das sie sich zurückziehen kann und dass ab und zu mal eine vertraute Person nach ihr schaut. Dann sollte alles glattlaufen.«

Werner seufzt.

»Wie bringe ich das nur Anna bei? Und auch Babuschka? Ich glaube, die beiden Damen haben sehr genaue Vorstellungen von der Hochzeit und eine Katzengeburt gehört bestimmt nicht dazu.«

Da könnte natürlich etwas dran sein. Anna plant schon seit Wochen das Fest ihres Lebens, überall liegen Zeitschriften herum mit glücklich lächelnden Paaren darauf, der Brautkleidkauf war ein echter Staatsakt, und bevor Werner und Anna sich für den Gutshof in der Heide entschieden haben, wurden bestimmt 5000 andere Restaurants und Hotels besichtigt. Na gut, vielleicht auch nur zehn, auf jeden Fall waren es viele. Babuschkas Unterstützung macht die Sache natürlich überhaupt nicht besser, denn Kiras russische Großmutter war wie immer sehr energisch, wenn es darum ging, ihren Senf dazuzugeben. Ich glaube, mein armer Werner hat in letzter Zeit ganz schön viele neue graue Haare dazubekommen. Noch hat er zwar nicht die gleiche Farbe wie mein edler Vater Leroy of Riverbanks-Mulberry, aber es fehlt nicht mehr viel!

»Komm schon, Werner«, beruhigt ihn Kira, »rede mit Anna. Du wirst es ihr schon klarmachen. Sie liebt doch Katzen auch über alles. Und keine Sorge: Meine Großmutter übernehme ich. Wenn ich mit ihr rede, ist sie bestimmt nicht sauer. Du wirst sehen – alles wird gut. Eure Hochzeit UND die Geburt der Kätzchen! Mit oder ohne Wurfbox.«

Meine Kira! Hat die Sache einfach im Griff.

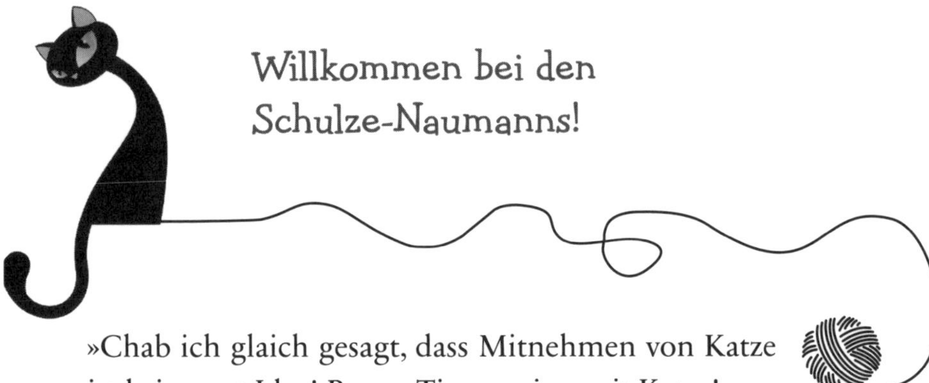

Willkommen bei den Schulze-Naumanns!

»Chab ich glaich gesagt, dass Mitnehmen von Katze ist keine gut Idee! Besser Tierpension mit Katze!«

Schon die gesamte Autofahrt hat Babuschka jetzt damit zugebracht, darüber zu schimpfen, dass Odette nun tatsächlich mit uns in die Lüneburger Heide fährt. So ganz hat Kiras Überredungskunst sie also nicht beruhigen können. Gut, dass Werner keine Wurfbox gebaut hat, weil die eh nicht in den Kofferraum gepasst hätte und Odette es sich deshalb auf dem Rücksitz bequem gemacht hat, wo sie sich gleich zu Beginn der Fahrt übergeben musste. Das hat die Sache sicherlich nicht besser gemacht – aber hey: Schwangeren wird nun mal schneller schlecht! Odette kann überhaupt nichts dafür! Aber das interessiert Kiras Oma nicht. Dabei müsste sie doch wissen, wie es sich anfühlt, schließlich ist Anna ihre Tochter.

Doch Babuschka meckert und motzt und beschwört sogar den Herrn im Himmel, dass diese unleidige Katzengeburt bitteschön der Traumhochzeit ihrer einzigen Tochter keinen Strich durch die Rechnung machen möge.

Eigentlich ist die Sache mit dem Herrn da oben eher Simones Ding. Werner Hagedorns Schwester ist ja Pastorin und fragt bei jeder passenden und unpassenden Gelegenheit den lieben Gott nach seiner Meinung. Doch die wird samt der anderen Verwandtschaft erst am Nachmittag oder, wenn es richtig gut läuft, am Abend in der Lüneburger Heide erwartet.

Als Werners Auto endlich zum Stehen kommt und Kira die Tür öffnet, springe ich noch vor allen anderen heraus. Babuschkas süßliches Parfüm – kein Wunder, dass Odette sich übergeben musste – und ihr unentwegtes Geschimpfe, nicht eine Sekunde länger hätte ich es hier drinnen ausgehalten.

Erleichtert atme ich durch und atme noch tiefer durch und … verflixter Heringssalat, wonach stinkt es hier denn bloß?

Uuuuh-bäh-eklig!

Und wie es hier aussieht. Ein dampfender Misthaufen zu meiner rechten Seite, daneben ein langes Stallgebäude, aus dem unzählige zottelige Pferdeköpfe neugierig herauslugen. In der Ferne entdecke ich einige eingezäunte Rasenflächen. Und noch mehr, viel, viel mehr PFERDE!

Brrr, was soll das? Ich mag doch keine Pferde. Und erst recht keinen stinkenden Pferdemist. Außerdem ist dies mit Sicherheit nicht der Ort für eine strahlende Traumhochzeit. Und erst recht nicht der Ort, um sechs edle wie garantiert wohlgeratene Katzenbabys zur Welt zu bringen. Was sollen die Kleinen denn denken, wenn sie sich das erste Mal umschauen? Dass sich ihre Eltern kein besseres Zuhause leisten können oder was? Nein, die Nachkommen von Winston Churchill, dem schlausten und mutigsten Kater der Welt, und der überaus lieblichen wie bildschönen Odette haben eine angemessene Umgebung verdient.

Okay, okay, das Gutshaus zu meiner linken Seite sieht wiederum ganz passabel aus. Und die Gebäude, die sich daran anschließen, machen allesamt einen recht gepflegten und anheimelnden Eindruck. Nur dieser Gestank, der hier über allem schwebt, dick und warm und widerlich süßlich – heilige Ölsardine! Das ist echt nicht zum Aushalten.

Kira hat inzwischen Odette von der Rücksitzbank gehoben und schaut sich auf dem Hof um. Beide sehen irgendwie begeistert aus. Nur, das kann nicht sein! Das hier ist überhaupt nicht Kiras Welt! Sie ist ein Stadtkind. Eine echte Großstadtpflanze. Miefiger Mist, Stroh, Heu, riesige Pferdeohren und Glubschaugen, all das ist bestimmt nichts für meine Menschenfreundin Kira.

Und erst recht nicht für meine Odette.

»Schatz«, maunze ich, »ich bin selbst ganz erschrocken, wo wir hier gelandet sind. Das musst du mir glauben.« Ich würde ihr gerne versichern, dass wir auf der Stelle auf den Hinterpfötchen wieder kehrtmachen. Nur befürchte ich, ohne Werners fahrbaren Untersatz ist der Weg zu weit für meine liebste Odette.

Und so strahlend, wie sich Anna und Werner nun umschauen, liegt die Vermutung nahe, dass es ihnen hier tatsächlich gefällt. Sind die denn total verblendet? Riechen die den Gestank etwa nicht? Was haben sich die beiden bloß dabei gedacht, so einen Ort für den hoffentlich schönsten Tag ihres Lebens auszuwählen?

»Winston, nun entspann dich bitte, ich finde es hier wunderschön. Ganz viel frische Luft und eine herrlich weite und grüne Natur. Ich könnte mir keinen schöneren Ort vorstellen, an dem unsere Kinder das Licht der Welt erblicken werden.«

Der Fall ist klar: Schwangerschaftshormone verblenden Odettes Blick. Sonst würde sie genauso entsetzt sein wie ich. Aber mit unseren Jungen im Bauch scheint sie die Welt um sich herum durch die rosarote Mutti-Brille zu sehen. Anders kann ich mir ihre leuchtenden Augen und das liebliche Grinsen um ihre Mundwinkel herum wahrhaftig nicht erklären.

Nun springt sie auch noch von Kiras Arm. Und Kira lässt sie einfach gewähren. Hallo? Kira! Würdest du Odette wohl auf der Stelle wieder hochheben? Dieser staubige Staub unter ihren schneeweißen und zarten Pfötchen, das geht ja wohl gar nicht. Völlig inakzeptabel.

Doch Kira scheint irgendwie weggetreten zu sein. Sie guckt noch immer total begeistert und lässt dabei Odette völlig aus den Augen.

Jetzt zwitschert sie sogar in einer Stimmlage, die ich noch nie zuvor bei ihr gehört habe: »Ist das schön hier, sososo schön! Und diese vielen Ponys und Pferde, ich bin total überwältigt.« Bei meinem Kratzbaum, das ist gruselig! Was ist nur in meine Kira gefahren?

Während Odette rüber zu einem riesigen runden Strohballen tapert, der am Rand einer Scheune ohne Tor steht, trällert Kira vergnügt weiter: »Werner, was meinst du, darf ich hier wohl auch mal reiten?«

Ich bin hin- und hergerissen, was ich zuerst tun soll. Odette davon abhalten, auf diesen staubigen und bestimmt schrecklich piksenden Strohballen zu klettern, oder Kira von ihren Reitplänen abbringen?

Odette nimmt mir die Entscheidung ab, indem sie mit einer für ihren Bauchumfang äußerst erstaunlichen Eleganz und Leichtigkeit auf den Ballen fliegt. Werner hingegen erklärt, dass er später mal Herrn Schulze-Naumann fragt, ob das mit dem Reiten möglich ist. Bedeutet für mich: Odette hat mal wieder ihren ganz eigenen Kopf und Kira kann ich später noch vor den großen Gefahren bewahren, die unter Garantie auf dem Rücken eines dieser Zottelviecher lauern.

»Odette, ich bitte dich, komm da wieder runter! Wer weiß, was sich im staubigen Stroh so alles verbirgt. Milben, Flöhe, Stechmücken … bestimmt nichts Gutes für dich und unsere Kleinen.«

Doch Odette winkt träge ab. »Winston, jetzt entspann dich mal! Hier oben ist es herrlich. Ein leichter warmer Wind weht und das Stroh ist angenehm weich. Außerdem bin ich ein wenig erschöpft von der Fahrt und kann hier wunderbar ausruhen. Also sei so nett und gönn mir einen Moment der Ruhe und Erholung.«

Maunz! Damit bin ich ganz und gar nicht einverstanden. Doch Odette ist nicht nur ausgesprochen schön, sondern kann auch ausgesprochen dickköpfig sein. Wenn es ihr dort oben gefällt, dann kann ich mir die Schnauze fusselig reden und werde sie dennoch nicht vom Gegenteil überzeugen. So ist sie und so liebe ich sie. Auch wenn es manchmal recht anstrengend ist, weil ich es nun mal besser weiß, sie es aber nicht einsehen will. Trotzdem bin ich unendlich glücklich, dass wir nun endlich ein Paar sind und Eltern werden. Es hat schließlich ganz schön lange gedauert, bis mir Odette endlich ihr Herz geschenkt hat. Zuerst hielt sie mich nämlich für einen ängstlichen Wohnungskater, ein richtiges Weichei. Gott sei Dank konnte ich ihr durch meinen unerschrockenen Einsatz als Superdetektiv beweisen, dass ich in Wirklichkeit ein Weltklassekater bin! Mindestens fünf Verbrecher habe ich schon gemeinsam mit Kira hinter Gitter gebracht, ohne uns wäre die Polizei völlig aufgeschmissen gewesen!

Ich beschließe, mich direkt unten vor den Ballen zu hocken und Odette vor möglichen Lüneburger-Heide-Pampa-Gefahren zu bewahren. Doch das passt Odette auch nicht.

»Winston, bitte, jetzt sieh dich hier halt ein bisschen um. Wenn du da unten sitzt und die ganze Zeit zu mir hochstarrst, dann kann ich einfach nicht entspannen.«

Heilige Ölsardine, warum muss Odette eigentlich so unvernünftig sein? Aber was soll's, ich werde mich bestimmt nicht mit ihr streiten. Schließlich hat Frau Dr. Wilmes gemeint, jede Art von Aufregung sei für trächtige Katzendamen nicht gut.

Nur deshalb räume ich das Feld. Natürlich nur so weit, dass ich den Rundballen mit Odette obendrauf auch stets im Blick habe.

Ich schlendere an dem länglichen Stallgebäude vorbei und werde plötzlich von Kira eingeholt.

»Na, Winston, gehst du auch erst mal auf Entdeckungstour? Ich sollte ja eigentlich beim Autoausräumen helfen. Aber Werner und Mama sind jetzt mit Babuschka im Gutshaus verschwunden, um sich anzumelden und die Zimmerschlüssel in Empfang zu nehmen. Ich habe die Gelegenheit genutzt und mich aus dem Staub gemacht.« Sie grinst mich verschwörerisch an – und ist noch immer ganz und gar aus dem Häuschen. Ich erkenne meine Kira kaum wieder. Ihr Gesicht erinnert mich an ein Honigkuchenpferd und ihre Stimme, nun ja, die klingt nach wie vor in meinen Ohren total fremd. So verrückt und euphorisch.

»Hach Winston«, haucht sie nun überglücklich. »Ich wollte schon immer mal auf einen Ponyhof. Und für Odette ist es auch richtig klasse, wenn sie hier auf dem Land, umgeben von frischer Luft und viel Grün, ihre Babys zur Welt bringen kann.«

Ich starre Kira an. Frische Luft? Wie bitte? Hier stinkt es bestialisch. Widerlich! Und im Grün lauern tausend gefährliche Dinge: Schnaken, Grashüpfer, Würmer, Bienen, Mücken – genau, hier herrscht bestimmt eine katastrophale Mückenplage.

Ich maunze vorwurfsvoll, doch Kira ist mit ihren Gedanken und Blicken längst weitergeeilt.

»Oh, schau mal, Winston, hast du jemals so ein bildschönes Pony gesehen, wie diesen schicken schwarzen Kerl da auf dem Paddock direkt vor uns?!«

Ich will ihr raten, bloß nicht näher an das schwarze Ungeheuer heranzutreten, da hat sie schon ihre Hand über das Gatter gestreckt und tätschelt dem Zottelkerl die weiße Nase.

»Hallo, wer bist du denn? Ich bin Kira und habe mich gerade schockverliebt.« Kira lacht sehr hell und sehr schrill für ihre Verhältnisse, und als das schwarze Zotteltier daraufhin schnaubt, versprüht es unzählige kleine Schnodderspritzer.

BÄH! WIDERLICH! BÄÄÄHHH!

Kira lacht noch immer, und nun beginne ich tatsächlich, ein wenig an ihrem Verstand zu zweifeln – was noch niemals vorgekommen ist, seitdem wir uns kennen.

Kira ist ein taffes Mädchen mit einem messerscharfen Verstand. Noch dazu eine echte Superdetektivin! Dass sie nun beim Anblick eines solchen Zottel-Schnodder-Ungeheuers in wahre Verzückung verfällt, damit hätte ich nie gerechnet.

Und es kommt noch schlimmer. Ein riesiges schneeweißes Pferd mit einem Kopf so groß wie der eines Elefanten (okay, okay, wenn ich ehrlich bin, dann habe ich noch niemals einen Elefanten gesehen – also außerhalb des Fernsehapparates), kommt aus dem Stall ohne Türen getrabt und stellt sich neben das schwarze Pony ans Gatter.

»Oh hallo«, begrüßt Kira auch das weiße Gespenst freudig und tätschelt ihm das riesengroße Maul. »Wer bist du denn?«

»Wally!«, erklingt eine Stimme.

Im ersten Moment denke ich wirklich, das Pferd könnte sprechen. Verrückt, ich weiß. Aber wenn man plötzlich aus seinem vornehmen Hamburger Zuhause in die stinkende Pampa verfrachtet wird, dann kann man schon mal sonderbare Gedanken haben.

Doch es ist ein Junge, der wie aus dem Nichts neben uns aufgetaucht ist und Kira freundlich anlächelt. Nun hebt er leicht die Hand und erklärt: »Ich bin übrigens Lucas Schulze-Naumann. Der schwarze Kerl dort ist Bulli.«

Kira kichert sonderbar und hebt ebenfalls die Hand. »Oh, Bulli, was für ein lustiger Name für ein Pony. Ach so, ich bin Kira. Meine Mutter heiratet an diesem Wochenende hier auf dem Hof.«

Lucas nickt. »Das habe ich mir schon gedacht. Also, dass du zu der Hochzeitsgesellschaft gehörst. Magst du Pferde?«

Bevor Kira etwas erwidern kann, schüttelt er den Kopf. »Was für eine blöde Frage. Natürlich magst du Pferde. Sonst würdest du wohl kaum hier bei Bulli und Wally am Paddock stehen.«

Kira lacht – schon wieder sehr hell und etwas zu schrill. Meine Güte, was ist bloß mit meiner Kira los?

»Ich bin ganz verrückt nach Pferden«, erklärt sie nun, und jetzt bin ich ernsthaft um ihr Wohlergehen besorgt. Davon weiß ich nichts. Das ist mir tatsächlich neu.

»Bei uns in Hamburg kommen Ponys und Pferde allerdings eher selten vor. Zumindest in der Gegend, in der ich wohne. Aber ich habe schon eine Ewigkeit davon geträumt, mal zu reiten.«

Lucas freut sich augenscheinlich über Kiras Geständnis, denn er schlägt ihr tatsächlich vor: »Wenn du magst, dann kann ich dir nachher eine kleine Reitstunde geben. Wir haben ein paar wirklich brave Schulponys und -pferde.«

Kiras Augen leuchten auf wie Wunderkerzen. »Echt? Würdest du das tun? Wow, das ... das wäre wirklich spitzenmäßig.«

Lucas nickt, und Kira fragt: »Ist Bulli etwa auch ein Schulpony, und kann ich vielleicht sogar auf ihm reiten?«

Doch diesmal verneint Lucas.

»Das geht leider nicht. Er lässt sich eigentlich nur von unserer Nachbarstochter Lina reiten. Und ein Schulpony ist er nie gewesen. Bulli ist ein echter Champion. Er hat sogar schon an den deutschen Meisterschaften teilgenommen.«

»Oh.« Kira bekommt große Augen, und ich bin heilfroh, dass sie nicht auf diesem nachtschwarzen Pony reiten darf. Das kommt mir nämlich nicht ganz geheuer vor.

Nicht ganz geheuer hört sich übrigens auch das sonderbare Geräusch an, das in diesem Moment in meinem linken Ohr erklingt. Ein Scharren oder eher ein Rascheln? Nein, ein Tippeln. Wie von vielen, vielen kleinen Füßen. Sehr seltsam!

Es kommt aus einer großen Halle, an der in schwarzen Buchstaben geschrieben steht: REITHALLE.

Kira ist inzwischen mit diesem Lucas in ein völlig überflüssiges Gespräch über Pferde vertieft, sodass ich beschließe, dem Geräusch nachzugehen.

Als ich losschleiche, höre ich Lucas zu Kira sagen: »Ist das eigentlich dein Kater und läuft der immer wie ein Hund ohne Leine mit dir mit?«

Hund ohne Leine? Hallo? Geht's noch? Ich bin ein sehr edler Kater und verbitte es mir, mit einem banalen Hund verglichen zu werden.

»Ja, das ist Winston und nein, er gehört nicht mir, sondern Werner Hagedorn. Werner ist der zukünftige Mann meiner Mutter, also fast mein Stiefvater. Also gehört Winston dann doch bald auch mir …« Kira legt eine kurze Pause ein. Dann fügt sie hinzu: »Wobei, eigentlich gehört Winston nur sich selbst. Er wohnt bei uns und ist mein Freund. So, finde ich, hört es sich richtiger an.«

Genau – und so erkenne ich meine Kira auch endlich wieder.

Vorsichtig tapere ich rüber zu der Reithalle. Links und rechts säumen mit bunten Blumen überwucherte Beete den schmalen Sandweg. Die Tür steht einen Spalt weit offen. Als ich mich hindurchschlängle, schlägt mir kühle Luft entgegen. Und der Geruch von Leder. Und muffiger Erde. Alles zusammen, irgendwie vermischt.

Ich linse um die Bande herum – und kann gerade noch zurückspringen. Sonst wäre ich unter die Hufe eines rücksichtslosen braunen Pferdes geraten, das im wilden Galopp durch die Halle donnert. Im Sattel sitzt eine junge Frau, die irgendwie nicht sonderlich glücklich aussieht. Ich kenne mich mit Pferden nicht aus und will es auch überhaupt nicht. Aber mit panischen Gesichtsausdrücken sehr wohl – und dieser ist sehr, sehr, sehr panisch.

Ich schätze, der Gaul geht durch! Und außerdem schätze ich, dass die junge Frau sich nicht mehr allzu lange im Sattel halten kann. Das braune Pferd rennt nämlich nicht nur wie verrückt im Kreis, es fabriziert dabei auch noch wilde Bocksprünge.

Mich todesmutig vor das Pferd zu werfen, um es damit zum Anhalten zu zwingen, ist bestimmt nicht die beste Idee. Ich werde in ganz naher Zukunft Vater und das würde ich schon noch gerne erleben. So kopflos und wild wie sich der Braune aufführt, schert ihn das womöglich einen feuchten Kehricht. Bleibt nur, Kira und diesen Lucas zur Hilfe zu holen. Also sprinte ich los.

Kira und Lucas stehen noch immer bei Bulli und Wally und quatschen. Ich umrunde Kiras Beine, maunze dabei so alarmierend wie nur möglich und sprinte dann zurück zur Halle. Natürlich kapiert Kira es sooofort und rennt mir hinterher. Lucas ebenfalls. Ich schätze aber, weil Kira rennt.

Wir kommen gerade in die Halle gehetzt, als der Braune aus vollem Galopp bremst und die junge Frau wie ein Geschoss mit Düsenantrieb aus dem Sattel über den Kopf des Pferdes saust. Sie landet auf ihrem Po, und der Braune steht da, als ob er kein Wässerchen trüben könnte.

»Katja, Himmel noch mal, hast du dir wehgetan? Soll ich

Hilfe holen?«, ruft Lucas aufgeregt und ist auch schon auf die Reitbahn gerannt.

Sie schüttelt den Kopf und lässt sich von Lucas auf die Beine helfen. »Nein, nein, alles in Ordnung. Ich weiß auch nicht, was plötzlich in Rico geraten ist. Irgendwas hat er an der Bande gesehen und ist dann wie angestochen losgaloppiert.«

Heilige Ölsardine, schon juckt meine Katernase, wie immer, wenn irgendeine Sache so richtig faul ist! Ist derjenige oder dasjenige, das das Pferd so in Aufruhr versetzt hat, womöglich auch für das sonderbare Geräusch verantwortlich, das ich gehört habe?

Sehr verdächtig, sehr verdächtig.

Eine Warnung, die es in sich hat!

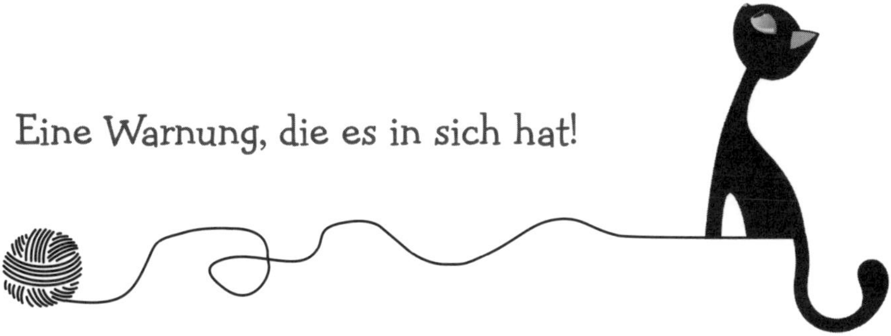

Ich wusste doch, dass man diesen zotteligen Ungeheuern nicht trauen kann. Sobald es auch nur irgendwo im Stroh raschelt oder trippelt, rennen diese schreckhaften Schweifträger wie angestochen los. Und wenn man Pech hat, so wie diese Katja vorhin, dann landet man ratzfatz auf seinem Hinterteil – und zwar mitten in der Reitbahn.

Ich will doch schwer hoffen, dass dieses Ereignis Kira gezeigt hat, dass sie sich besser von diesen unberechenbaren Renntieren fernhält. Ich für meine Fälle fühle mich auf jeden Fall in meiner Meinung bestätigt: Pferde sind gemeingefährlich.

Allerdings wäre mein Name nicht Winston Churchill, Sohn des ehrenwerten Katers Leroy of Riverbanks-Mulberry, wenn ich die Sache jetzt einfach so auf sich beruhen lassen würde. Dieses Geräusch, das ich kurz zuvor gehört habe, hat meine Katerdetektivnase jucken und zucken lassen. Außerdem hat Katja geschildert, dass sie irgendeinen komischen Schatten gesehen hat, kurz bevor ihr schreckhafter Rico losgedonnert ist.

Bei meinem Lieblingskratzbaum! Für mich beweist das eindeutig, dass hier Sabotage im Spiel ist.

Als nun Lucas und Kira zusammen mit der sonderbar o-beinig gehenden Katja samt ihrem noch immer ziemlich pumpenden, aufgeregten Wildpferd Rico die Reithalle verlassen, beschließe ich, mich etwas genauer hier umzusehen. Wer weiß, wer weiß, womöglich hat der Saboteur nachlässige Spuren hinterlassen. Also tigere ich auf vorsichtigen Pfötchen die Bande entlang und vernehme diverse unterschiedliche Gerüche. Der eine oder andere kommt mir verdächtig vor, weil zunächst gänzlich unbekannt. Aber ich bin schließlich ein Kater von Welt und checke schnell, dass es sich um die Duftmarken verschiedener Artgenossen handelt – die jedoch unter Garantie nicht von so edler Herkunft und Abstammung sind wie ich.

Fakt ist allerdings, dass es hier von Katzen nur so wimmelt. Aber soll es sich bei dem Saboteur tatsächlich um einen Artgenossen handeln? Hm … kann ich mir ehrlicherweise nicht so richtig vorstellen. Zumal das Geräusch eindeutig nicht nach Katze geklungen hat und außerdem …

»Hey, du da, was treibst du dich hier herum, hä?«, knurrt es mitten in meine Überlegung hinein.

Ich wende mich geschickt um, lasse meinen Blick lässig nach oben rechts schweifen, von wo das Knurren gekommen ist. Auf der Bande sitzt ein dicker grauer Kater, der augenscheinlich wenig Wert auf sein Äußeres legt. Sein Fell ist strubblig und an manchen Stellen sogar verfilzt. Das linke Ohr steht kerzengerade hoch, während das rechte abgeknickt ist, und wenn mich nicht alles täuscht, fehlt sogar ein wenig davon.

»Guten Tag, mein Name ist Winston Churchill«, stelle ich mich freundlich und mit einem Hauch von hanseatischer Distanz in der Stimme vor.

Der ungepflegte Graue formt seine Augen zu Schlitzen. »Das ist keine Antwort auf meine Frage«, faucht er.

»Aber eine Frage der Höflichkeit«, gebe ich zurück.

»Hä?«, macht der Graue.

Meine Güte, ich habe ja geahnt, dass man von diesen Dorf- und Misthaufenkatzen hier in der Pampa nicht allzu viel erwarten kann, aber dass sie derart einfach bis dümmlich gestrickt sind, nein, davon bin selbst ich nicht ausgegangen.

»Wie auch immer«, fahre ich betont sachlich fort, »hast du gerade etwas Auffälliges bemerkt? Ein sonderbares Geräusch vernommen? Einen Schatten gesehen oder noch viel besser, den Verursacher?«

Der Graue starrt mich an, als wäre mir ein Horn auf der edlen Katerstirn gewachsen. »Bist du unter den Trecker gekommen oder warum redest du so geschwollen?« Nun besitzt er auch noch die Frechheit, mich zu beleidigen!

Ich erwäge tatsächlich, dem ungebildeten Dorfkater einfach die kalte Schulter zu zeigen und mich wieder voll und ganz auf meine Nachforschungen zu konzentrieren. Es bringt bestimmt eh nichts, diesen ungehobelten Kerl weiterhin zu befragen. Ich schätze, selbst wenn er etwas mitbekommen hätte, würde er es nicht einmal begreifen. Seine

Antennen, sein Feingefühl, sein Instinkt scheinen unter dem jahrelangen Misthaufenmief enorm gelitten zu haben.

»Ich warte übrigens immer noch auf 'ne Antwort, Kollege«, knurrt er nun.

Soll ich ihm erklären, dass wir beide bestimmt keine Kollegen sind? In tausend Jahren nicht. Ach was, reine Zeitverschwendung.

»Wie bereits erwähnt, ist mein Name Winston Churchill. Ich bin mit meinen Leuten übers Wochenende hier auf dem Hof der Familie Schulze-Naumann. Professor Dr. Werner Hagedorn plant nämlich, seine Hochzeit mit seiner reizenden Verlobten Anna Kovalenko zu feiern. Ich bin also Gast auf diesem Anwesen und nun habe ich auch gar keine Zeit mehr, mich weiter mit dir zu unterhalten.«

So, das war doch mal eine klare Ansage, finde ich und wende mich von dem Grauen ab. Außerdem beschließe ich, an dieser Stelle meine Ermittlungen vorerst einzustellen. Die Spur ist längst erkaltet, und solange der dicke Graue mich mit seinen dümmlichen Augen regelrecht durchbohrt, kann ich mich eh nicht aufs Wesentliche konzentrieren.

»Wo willst du hin?«, ruft der Graue mir hinterher, als ich mich anschicke, die Reithalle wieder zu verlassen.

Es geht ihn zwar nichts an – bestimmt nicht –, aber ich bin ja schließlich ein höflicher Kater und mit erstklassigen Manieren ausgestattet. Also verharre ich einen Moment lang an der Hallentür.

»Hier drinnen ist es mir zu schattig. Deshalb gehe ich zu meinen Leuten und begutachte unsere Unterkunft.«

Nicht, dass der Graue noch annimmt, ich würde während meines Aufenthaltes hier auf dem stinkenden Lande wie er in irgendeinem staubigen Stall oder auf einem mit unzähligen lästigen Spinnen besiedelten Heuboden hausieren.

Der Graue schüttelt den Kopf, bevor er mit ätzender Stimme maunzt: »Du bist zwar ein selten doofer und eingebildeter Schnösel, halt so ein richtig bekloppter Stadtkater, aber wir Katzen hier draußen auf dem Lande halten zusammen. Deshalb spann die Ohren weit auf, du Schnösel, und lausch meinem Tipp: Ein übler Katzenjäger treibt hier seit einiger Zeit sein Unwesen. Wir haben zwar eine Idee, aber noch keine richtigen Beweise. Soll heißen, bleib lieber bei deinen bestimmt ebenso piekfeinen wie eingebildeten Menschen auf dem Sofakissen hocken. Nicht, dass dir noch eine deiner manikürten Krallen abhandenkommt oder sogar eines deiner sieben Leben.« Damit macht er sich aus dem Staub und lässt mich tatsächlich für einen winzigen Moment sprachlos zurück.

Bestimmt nicht, weil ich mich fürchte oder gar beeindruckt von seiner Ansprache und Warnung bin. Nein, ich bin tatsächlich kurz geschockt, weil doch meine geliebte Odette allein und hilflos auf diesem runden Strohballen liegt, während ich einer Spur nachgehe, die mich eigentlich nichts angeht. Kann mir doch wirklich egal sein, warum dieser Rico gescheut hat.

In Windeseile verlasse ich die Halle, flitze über den Hof, sehe aus dem Augenwinkel, dass sich zu Kira und Lucas noch ein Mädchen gesellt hat. Zu dritt stehen sie am Paddock von diesem Bulli und seinem Kumpel Wally herum und unterhalten sich. Kira strahlt, als wäre sie mitten im Paradies. Ich ahne, dass das Thema Reiten noch nicht durch ist. Aber darum kann ich mich gerade nicht kümmern. Zumal sie ja den Fuß noch nicht im Steigbügel hat, und ich bestimmt vorher die Gelegenheit bekomme, ihr das ein für alle Mal auszureden.

Jetzt muss ich erst zu Odette und sie in Sicherheit bringen. Auch wenn ich den dicken Grauen nicht wirklich ernst genommen habe, so will ich doch nichts riskieren!

»Odette, hallo, Odette, wie geht es dir … und unseren Kleinen? Alles in Ordnung?«, rufe ich schon von Weitem hinauf auf den Strohballen.

Doch auf eine Antwort muss ich vergebens warten. Alles bleibt still.

Mein Herz beginnt zu rasen, mein Magen zieht sich schmerzhaft zusammen. Hoffentlich ist ihr nichts passiert.

Heilige Ölsardine, warum habe ich sie bloß allein gelassen! Wie konnte ich nur? Ich könnte mir direkt selbst in die Schwanzspitze beißen.

Im Nu bin ich auf dem Rundballen und – zum Glück – entdecke sofort meine schöne Odette. Sie liegt zusammengerollt mitten auf dem Ballen und schläft. Ihr Gesicht sieht völlig entspannt aus. Wenn mich nicht alles täuscht, dann lächelt sie im Schlaf. Bestimmt träumt sie von mir oder unseren sechs Jungen, die schon ganz bald das Licht der Welt erblicken werden.

Vorsichtig setze ich mich an ihre Seite und beschließe,

dass ich sie fortan nicht eine einzige Sekunde mehr aus den Augen lassen werde. Denn wenn ich ganz genau darüber nachdenke, dann hat sich das Geräusch, das ich vorhin gehört habe, tatsächlich wie das Durchladen eines Jagdgewehres angehört. Klack-klack!

Okay, okay, so oft habe ich noch nicht gehört, wenn ein Jagdgewehr durchgeladen wird. Wenn ich ehrlich bin, noch nie. Aber ich bin ja schließlich ein weltoffener Kater und kann mir ein Geräusch vorstellen.

»Winston?«, wispert es verschlafen neben mir. »Sitzt du schon länger dort?«

Odette streckt sich genüsslich. Ihre Augen sind noch etwas träge, aber sichtbar entspannt.

»Eine Weile, Liebste, eine Weile schon«, gebe ich zurück.

Sie streckt ihr samtigweiches Pfötchen nach mir aus. »Aber du musst doch nicht meinen Schlaf bewachen.« Soll ich ihr sagen, dass ich das sehr wohl muss? Nein, ich darf und möchte sie nicht beunruhigen. Odette soll sich ganz entspannt auf die Geburt unserer Kinder vorbereiten – und zwar an einem sicheren Ort.

»Odette, wenn du jetzt wieder ganz wach bist und dich etwas ausgeruht hast, dann komm doch bitte mit mir rüber ins Haus. Werner und Anna haben bestimmt schon die Zimmerschlüssel, und ich schlage vor, dass wir zu Kira ins Zimmer gehen.«

Ich erhebe mich und gehe davon aus, dass auch Odette es mir gleichtut, doch sie maunzt: »Nein, Winston, wirklich nicht. Ich möchte hier draußen bleiben. Nicht unbedingt hier oben auf dem Ballen, aber auf gar keinen Fall im Haus.« Der Schreck peitscht mir regelrecht durch die Adern. »Aber … aber Odette, das ist jetzt wohl nicht dein Ernst?«

Odette schenkt mir einen treuherzigen Blick. »Doch, Winston, mein voller Ernst. Ich finde den Gedanken ganz wunderbar, dass unsere Kleinen hier irgendwo im Stroh zur Welt kommen werden. Ganz natürlich und frei.«

Ich schüttele wild den Kopf. »Nein! Du … du weißt doch gar nicht, was sich hier an üblem Gesindel so herumtreibt. Und außerdem wird Kira das ganz und gar nicht toll finden. Und Werner auch nicht und ich erst recht nicht. Nein, Odette, du kommst bitte mit mir ins Haus.«

Tatsächlich verlässt Odette nun den Strohballen. Aber nicht, um mir einsichtig rüber zum Gutshaus und zu den angrenzenden Ferienwohnungen zu folgen. Sie wendet sich nach rechts um und tapst direkt in die nächstbeste Scheune, deren Tor einen Spalt weit offen steht.

»Odette!«, rufe ich alarmiert. »Was hast du vor? Wo willst du hin?«

»Das habe ich dir gerade erklärt, Winston«, antwortet sie trotzig. »Ich spüre sehr genau, dass die Kleinen nicht mehr allzu lange auf sich warten lassen werden. Deshalb suche ich mir nun einen ruhigen und gemütlichen Platz.«

»Aber …«

»Kein Aber, Winston«, schneidet sie mir das Wort ab. Im nächsten Moment ist sie geschickt eine Leiter hochgeklettert, und das mit ihrem wirklich beachtlichen Bauchumfang! Ich kann nichts anderes tun, als ihr zu folgen.

»Ach, ist das nicht wahnsinnig schön hier oben?«, schwärmt sie.

Ich sehe mich um. Ein großer, recht flacher Strohboden. In der Ecke stapeln sich einige kleinere Strohballen, aber wirklich vollgestellt ist er nicht. Dennoch ist der Boden unter unseren Pfötchen komplett mit losem Stroh bedeckt. Die Luft ist dick und warm und staubig.

Ich ahne, dass ich Odette nicht überreden kann, mit mir ins Haus zu kommen. Jedes weitere Wort kann ich mir getrost ersparen. Also versuche ich nun, wenigstens den sichersten Platz hier oben für Odette und die anstehende Geburt unserer Kleinen auszumachen. Später werde ich dann Kira hierherlocken, damit ich sie zusammen mit ihr noch rechtzeitig rüber ins Haus schaffen kann – so lautet zumindest mein aus der Not spontan beschlossener Plan.

Odette ist auch recht einsichtig, als ich ihr ein leicht verborgenes Plätzchen vorschlage, das sich zwischen einigen Strohballen befindet. Es ist ein wenig erhöht wie ein Ausguck: Wenn man auf den Strohboden kommt, kann man ihn nicht sofort ausmachen, doch gleichzeitig kann man von dem Platz aus alles überblicken.

»Oh ja, hier ist es wunderbar«, findet Odette und kuschelt sich ins Stroh.

Ich lege mich zu ihr und Odettes Kopf sinkt gegen meine Schulter.

»Bald sind wir Eltern, Winston …«, wispert Odette mit liebevoller Stimme. »Ich hoffe so sehr, dass wir auch gute Eltern sind. Und noch viel mehr, dass wir alle zusammenbleiben können.«

Das hoffe ich natürlich auch. Und ich werde auch alles dafür tun. Doch Kinder haben ja bekanntlich ihren eigenen Kopf, und wer weiß, womöglich wollen sie nicht auf ewig in Werners Wohnung bleiben.

»Wir werden sehen, Odette, wie sich alles entwickelt, aber ich verspreche dir, ich werde mein Bestes geben.«

Odette lächelt mich sanft an. »Das weiß ich doch, Winston.« Ihre Augen werden schon wieder ganz träge und dann gähnt sie auch schon herzhaft. »Ich glaube, ich mache noch ein kleines Nickerchen, Winston. Diese frische Landluft macht wirklich wahnsinnig müde …«

Während Odette sich erneut ins Schlummerland verabschiedet, schleiche ich mich auf leisen Pfoten vom Strohboden. Ich muss die Gelegenheit nutzen, um Kira zu holen. Damit sie Odette sanft, aber schnellstmöglich in die Ferienwohnung verfrachten kann, wo meine Allerliebste dann auch bitteschön in völliger Sicherheit unsere Kleinen zur Welt bringt.

Doch als ich unten auf dem Hof ankomme, ist von Kira weit und breit nichts zu sehen. Dafür fährt gerade ein Auto vor und dann noch ein zweites. Im nächsten Moment ist es vorbei mit der dörflichen Ruhe.

»Uhhh, ist das hier nicht einfach nur wunderwunderschön? Ich könnte mir keinen besseren Ort für eine Hochzeit vorstellen als diesen hier!«, trällert Werners Schwester Simone.

Beate, die als Erste den hinteren Wagen verlässt, ist da ganz anderer Meinung.

»Was? Schön? Hier stinkt es und man ist innerhalb von Sekunden von oben bis unten mit Mückenstichen übersät. Ich weiß wirklich nicht, wie Werner auf so eine Schnapsidee kommen konnte, mitten in der Walachei zu heiraten. Und diese Luftfeuchtigkeit ist das pure Gift für meine Haare. Schrecklich, einfach nur schrecklich!«

Verflixte Makrele, ich hätte nie gedacht, dass ich mal mit der furchtbaren Beate einer Meinung wäre. Also nicht, was die Haare anbelangt – aber beim ganzen Rest liegt sie goldrichtig! Bevor ich mir aber noch darüber Gedanken machen kann, ob Beate und ich am Ende noch beste Freunde werden, biegt mit lautem Hupen ein weiteres Auto in die Hofeinfahrt ein. Ach was – es ist kein Auto, es ist eher eine Art Lastwagen. Ziemlich groß, ziemlich klapprig und gesehen habe ich es auch schon mal irgendwo.

Während ich noch überlege, warum mir der Wagen so bekannt vorkommt, kurbelt der Fahrer das Fenster herunter und grüßt fröhlich.

»Buon giorno, i miei amici! Wasse fur ein wunderschone Albergo!«

Das darf doch nicht wahr sein! Zirkusdirektor Balotelli ist soeben vorgefahren!

Alte Bekannte. Und neue Probleme.

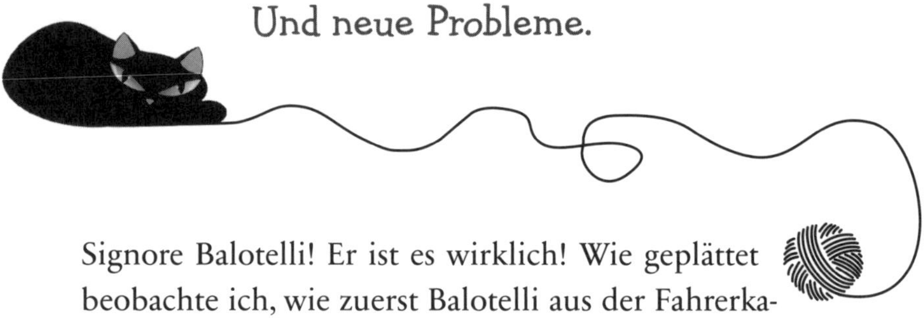

Signore Balotelli! Er ist es wirklich! Wie geplättet beobachte ich, wie zuerst Balotelli aus der Fahrerkabine klettert, er dann die Türen zum Transportraum öffnet und nacheinander meine Freunde aus dem Zirkus des Lunaparks herausspringen: Die schlaue Ziege O'Nelly, das schlaue Äffchen Floyd, Romeo und Julia, die sprechenden Papageien, und ganz zum Schluss die beiden Hunde Pat und Patachon, die gleich begeistert kläffen, als sie mich sehen. Donnerknispel, das ist wirklich eine Überraschung!

»Was macht ihr denn hier?«, will ich sofort von O'Nelly wissen. Die Ziege starrt mich an.

»Das heißt doch wohl erst mal *Guten Tag*, alter Freund!«, meckert sie dann tadelnd. Ups, das hatte ich ganz vergessen: O'Nelly legt größten Wert auf Umgangsformen. Ich ja eigentlich auch und so hatte ich mich ziemlich schnell mit der irischen Ziege angefreundet, als ich bei meinem letzten Abenteuer auf einem Familienausflug durch widrigste Umstände als Akteur in der Zirkusshow von Balotelli landete. Also gehe ich einen Schritt zurück, verbeuge mich und maunze ein sehr artiges »Guten Tag, Verehrteste! Ich freue mich sehr, euch alle hier zu sehen«.

Wieder ein Meckern, allerdings diesmal ein sehr fröhliches.

»Allright, mein lieber Winston! Und was meinst du, wie sehr wir uns freuen!«

Auch Floyd und die Hunde hüpfen begeistert auf und ab. Ja, die Truppe ist tatsächlich blendend gelaunt! Ich schaue noch einmal genauer hin – der einzige Artist, der fehlt, ist der schwarze Kater Bartholomäus, der mir so ähnlich sieht, dass ich sogar schon mit ihm verwechselt wurde.

»Wo habt ihr denn Bartholomäus gelassen?«

»Oh, good old schwarze Kater war ein bisschen unpässlich. Zu viele Katzenfutter in letzter Zeit. Nun muss er bleiben mit Schonkost at home.«

»Tja, bleibt mir nur die Frage: Warum genau seid ihr denn heute hier? Werdet ihr nicht im Park vermisst?«, will ich von O'Nelly wissen. Die Ziege legt den Kopf schief.

»Nay! Ich glaube nicht. Balotelli hat die Show für dieses Wochenende abgesagt. Wegen der Hochzeit. Das ist schließlich eine wichtige Familienangelegenheit, wenn wir zu Ehren des Brautpaars auftreten!«

»Ihr tretet bei der Hochzeit auf?«, staune ich ungläubig.

»Exactly! Ein Geschenk von Direktor Balotelli an die Familie von verehrte Babuschka!«

Aha! Daher weht der Wind! Mir war schon bei unserem Ausflug in den Lunapark aufgefallen, dass Balotelli ein Auge auf Babuschka geworfen hatte, und tatsächlich war Babuschka in den vergangenen Monaten verdächtig oft an den Wochenenden ohne uns unterwegs. Dabei lässt sie Werner, Anna und vor allem Kira sonst nie aus den Augen, aus Sorge, ihre Lieben könnten irgendeine Dummheit anstellen.

Beate kommt näher. Der Anblick der Zirkustiere nimmt sie offenbar noch mehr in Beschlag als die Sorge um ihre Frisur.

»Also hören Sie mal!«, pflaumt sie Balotelli an. »Was wollen Sie denn mit Ihren ganzen Viechern hier? Merken Sie nicht, dass hier eine geschlossene Gesellschaft stattfinden soll? Also laden Sie die Biester schnell wieder auf und verschwinden Sie!«

»Beate, sei doch nicht so unfreundlich zu dem armen Mann!« Simone ist ebenfalls angelaufen gekommen, der Auftritt ihrer Schwägerin ist ihr sichtbar unangenehm. Während Signore Balotelli nun etwas ratlos zwischen den beiden Damen steht, mustert Beate Simone mit zusammengekniffenen Augen.

»Entschuldige mal! Wir wollen doch nicht zulassen, dass sich hier irgendwelche dahergelaufenen Wegelagerer breitmachen, wenn dein Bruder heiratet!«

»Aber vielleicht ist der Herr ebenfalls Gast! Das weißt du doch gar nicht.«

»Pah!« Beate schnaubt abfällig. »Dieses Gesindel? Das hat garantiert niemand eingeladen.« Dann hält sie einen Moment inne. »Wobei – jetzt, wo Werner tatsächlich seine russische Putze heiratet, muss man ja wohl auf alles gefasst sein. Vielleicht hat die diese Vögel eingeladen!«

MAUNZ!!! Was für eine bodenlose Frechheit! Wie redet diese unverschämte Person denn über meine Anna? Ich fauche und fahre mit ausgefahrenen Krallen einmal Beates Hose entlang.

»Aua! Bist du verrückt, du böses Vieh?« Beate zieht ruckartig ihr Bein nach oben und hält es mit beiden Händen fest. Scheint wehgetan zu haben. Geschieht ihr recht!

Signore Balotelli schüttelt sich kurz und ergreift das Wort. »Signorina, scusi, aber ich bin wirklich Gaste von die Hochzeit. Und ich werde auffuhren mit mein Tiere die große, meravigliosa Show! Sind wir bekannt auch aus Fernseher und Radio: Direttore Balotelli e sei animali!«

Beate reibt sich immer noch ihr Bein, Simone hingegen lächelt freundlich.

»Eine Show! Wie toll! Da freue ich mich aber sehr! Kommen Sie, ich stelle Ihnen mal die netten Besitzer des Gutshofes, Familie Schulze-Naumann, vor.«

Sie reicht ihm die Hand zur Begrüßung und will ihn gerade Richtung Gutshaus führen, als plötzlich ein lauter Knall die Luft gewissermaßen zerreißt. Heilige Ölsardine! War das etwa ein Schuss?

Die Meute stürmt los und ich renne hinterher – allerdings nicht dem Knall nach, sondern in die Scheune, in der meine geliebte Odette mit unseren Ungeborenen friedlich schlummert.

Ich muss nachsehen, ob es ihr gut geht, sie noch immer dort im Stroh ruht und weit, weit von dem Knall entfernt ist.

Als ich atemlos die Scheune erreiche, blickt sie mir schon von oben entgegen.

»Winston, hast du den Knall auch gehört?«

Ich bin erst einmal nur erleichtert, sie wohlauf zu sehen, sodass ich nur nicken kann.

»Na und? Ich meine, Winston, woher kam er? Was steckt dahinter?«

Endlich habe ich wieder Luft – und Worte. »Ich weiß es nicht!«, gebe ich offen zu.

Odette schüttelt den Kopf. »Dann sei so lieb und schau nach. Das hat sich ja wirklich gefährlich angehört.«

Odette hat natürlich recht. Doch bevor ich das Feld räume und hinter den anderen hersprinte, muss sie mir noch etwas versprechen.

»Aber du rührst dich nicht von der Stelle, bis ich wieder zurück bin, Odette, versprichst du mir das?«

Odette stöhnt leise auf, aber laut genug, dass ich es höre.

»Odette?«

»Ja, ich verspreche es dir!«, gibt sie schließlich nach.

»Das wollte ich hören!«, rufe ich ihr zu und rase los.

In der Ferne, am Rande einer großen Wiese, auf der ausnahmsweise keine von diesen zotteligen Pferdevierbeinern herumstehen und sich den Wams mit Gras vollhauen, entdecke ich Beate und Simone. Von Signore Balotelli kann ich zunächst nichts sehen. Kein Wunder, stelle ich fest, als ich die Wiese erreicht habe, denn er kniet im weichen Gras. Vor ihm sitzen die Hunde Pat und Patachon und machen einen ziemlich verschreckten Eindruck auf mich.

»Was ist los, Jungs?«, will ich von den beiden wissen. Signore Balotelli sieht wirklich arg mitgenommen aus. »Seid ihr für den Lärm verantwortlich?«

»Nicht … nicht w… wirklich«, japst Pat.

»A… aber auf uns … auf uns wur… wurde gerade geschossen«, stammelt Patachon.

GESCHOSSEN? Heilige Ölsardine, ich fasse es nicht. Hat dieser dicke graue Kater – wie war denn noch sein Name? Keine Ahnung, spielt jetzt auch keine Rolle. Hat er etwa recht? Jedenfalls hat er vorhin irgendetwas von einem Katerjäger gefaselt.

Verflixte Sprotte, ich muss zu Odette zurück!

Ganz schön gefährlich, so eine Landpartie!

In einem der Bäume am Rand der Wiese prangt ein Loch.

Werner ist sich sicher, dass es durch eine Schrotkugel verursacht wurde, und seitdem er das verkündet hat, betet Simone mit weinerlicher Stimme zum lieben Herrgott im Himmel.

»Der kann dir jetzt auch nicht mehr helfen«, ätzt Beate sie mit ihrer unvergleichlich charmanten Art an. »Und außerdem war die Kugel ja wohl nicht für dich bestimmt, sondern für eines dieser verlausten Viecher.«

Signore Balotelli schnappt empört nach Luft. »Verlauste Viecher ... abe ich riiichtig gehört? Das sind bestimmt nicht verlauste Viecher, sondern Akrobaten, Künstler, Stars.«

Beate hat schon den Mund aufgeklappt. Doch Werner kommt ihr zuvor.

»Beate, nun sei bitte friedlich und lass den armen Signore Balotelli in Ruhe. Natürlich ist er in großer Sorge, wenn jemand auf seine Hunde schießt.«

Eigentlich war ich schon auf dem Weg zu Odette, um ihr klarzumachen, dass sie jetzt und auf der Stelle mit mir rüber in die Ferienwohnung kommen muss. Hier draußen, und dazu zählt für mich auch die Scheune samt dem Strohboden, ist es eindeutig zu gefährlich.

Doch dann hat Werner uns alle miteinander an der Wiese herumstehen sehen und ist angetrabt gekommen. Rein zufällig hat er sich an einen Baum angelehnt, vielleicht weil ihn Beates Anblick immer wieder erschöpft, und ist dabei ausgerechnet auf das Einschussloch gestoßen – sozusagen mit dem Zeigefinger.

Das Loch hätte auch in Pat oder Patachon sein können, doch zum Glück hatte der Schütze wohl heute kein Zielwasser getrunken.

Doch von Glück ist gerade so gar nichts zu spüren. Alle sind total aus dem Häuschen, wegen des Baumschusses. Beate hat lautstark dafür plädiert, die Polizei zu verständigen. Doch das will Werner nicht, weil er Sorge hat, dass durch das Auftauchen von mehreren Uniformen die schöne Hochzeitsstimmung dahin ist.

Ich bin schwer dafür, dass wir direkt wieder abreisen. Ich mag den Gestank nicht, auch nicht die Pferde, den dicken Grauen ebenso wenig, und wenn hier nun auch noch wild herumgeschossen wird, dann ist das eh kein Ort, an dem ich meine Odette und meine zukünftigen Kinder wissen möchte. Und deshalb muss ich Werner irgendwie klarmachen, dass es in Hamburg nicht nur tausendmal schöner ist, sondern dass es sich auch viel sicherer feiern lässt.

Gerade sehe ich allerdings meine Felle davonschwimmen. Simone hat endlich zu Ende gebetet und lässt uns mit leicht verklärtem Gesichtsausdruck an ihrem kleinen Plausch mit dem da oben teilhaben.

»Vertraut auf mich, dann kann euch nichts passieren, hat der Herr mir geraten«, behauptet sie doch allen Ernstes.

Beate lacht und Werner schüttelt stumm den Kopf.

»Polizia, wir müssen verständigen Polizia«, findet Signore Balotelli.

Nun kommt auch noch Anna angelaufen. Ihr Gesicht glüht in den unterschiedlichsten Rottönen. »Werner, was ist geschehen? Warum steht ihr hier alle so herum?«

»Jemand wollte die Hunde abknallen!«, muss Beate mal wieder ungefragt antworten.

Annas Augen weiten sich beträchtlich. »WAS?«

»Nun reg dich bitte nicht auf, Schatz. Es handelt sich bestimmt um ein Versehen«, versucht Werner seine Braut zu beruhigen.

Doch logischerweise lässt sich Anna nicht beruhigen. »Ein Versehen? Wer schießt denn bitte schön *aus Versehen* in der Gegend herum?«

Liebevoll legt Werner den Arm um Annas schmale Schultern. »Wir sind hier auf dem Land, Spatzl. Da gibt es Jäger und da finden Treibjagden statt. Und da kann es auch mal zu einem Querschläger kommen.«

Anna schüttelt den Kopf. »Sag einmal, willst du mich für dumm verkaufen, Werner?« Ihr linkes Augenlid zuckt. Kein gutes Zeichen. Das weiß auch Werner.

»Bestimmt nicht. Niemals würde ich mir so etwas erlauben. Aber möchtest du wirklich, dass ich die Polizei verständige? Bald treffen hier die anderen Hochzeitsgäste ein. Kannst du dir das heillose Durcheinander vorstellen, wenn sie gleich bei ihrer Ankunft die Einsatzwagen der Polizei erblicken?«

Anna atmet tief durch. »Babuschka bekommt eine Herzattacke, wenn die Hochzeit nicht wie geplant stattfinden kann«, murmelt sie nachdenklich.

Werner verpasst ihr einen zärtlichen Stups und sagt mit leichtem Vorwurf in der Stimme: »Du doch wohl hoffentlich auch?«

Heilige Ölsardine! Die ziehen die Sache mit der Landhochzeit eiskalt durch! Da bin ich mir jetzt sicher. Also brauche ich hier nicht länger herumlungern und auf meine Chance hoffen, sondern sollte lieber dafür sorgen, dass sich nicht rein zufällig einer dieser *Querschläger* in Odettes Richtung verirrt.

Signore Balotelli ist wohl zu demselben Entschluss gekommen. Er schnappt sich Pat und Patachon und zieht mit ihnen von dannen.

»Aber Sie bleiben doch, Signore Balotelli?«, erkundigt sich Werner mit leicht hektischem Blick. »Ich meine, der Auftritt findet doch wie geplant statt?«

Signore Balotelli nickt, ohne sich dabei zu Werner und den anderen umzudrehen. »Si, si … auf Balotelli ist Verlass. Aber jetzt bringe ich Hunde in Sicherheit und rede gut mit ihnen … wegen Trauma und Schock …«

Ich renne zur Scheune zurück. Unser Aufenthalt hier macht wirklich keinen Sinn mehr. Doch als ich mich geschickt die schmalen Leiterstufen hochschlängele, erwartet mich ein leerer Strohboden. Der Schreck peitscht mir durch den Körper. »Odette? Liebste? Wo bist du?«

Suchend flitze ich über den Boden, schaue in jede noch so kleine Ecke und werde von Sekunde zu Sekunde nervöser.

»Ooodeeetteee?«

»Warum maunzt du denn hier so lautstark herum?«, erklingt unter mir plötzlich Odettes vorwurfsvolle Stimme. »Du verschreckst mir ja jede Maus mit dem Lärm.«

Maus? Lärm? Odette?

Ich fliege beinahe die Leiter runter. Odette steht unten in der Scheune und sieht mich kopfschüttelnd an.

»Hast du etwa gerade versucht, eine Maus zu fangen?« Ich kann nicht glauben, dass sie in diesem Zustand tatsächlich auf Mäusejagd gegangen ist.

»Nun sag das doch nicht so vorwurfsvoll. Ich hatte Hunger, und nun ja, hier gibt es reichlich viele Leckerchen auf vier Beinchen. Also, wenn du sie mit deinem Alarm nicht gerade alle vorwarnst, sodass sie die Flucht ergreifen können.«

Ich muss ein paarmal sehr tief durchatmen. Odettes Unabhängigkeit, ihr Mut und Temperament, oh ja, all das liebe ich an ihr – und natürlich ihr wahnsinnig gutes Aussehen. Doch gerade jetzt, da wünsche ich sie mir weitaus weniger abenteuerlustig.

Ich schenke ihr meinen glühendsten Blick und maunze herzerweichend: »Odette, Liebste, auf Pat und Patachon wurde geschossen. Werner meint zwar, es sei ein Versehen gewesen, aber ich bin da anderer Meinung. Darum bitte ich dich nun eindringlich darum, mit mir rüber ins Haus zu kommen – und zwar in Kiras Zimmer. Dort sind du und die Kleinen sicher. Tu mir den Gefallen, weil ich sonst nämlich vor Sorge noch umkomme, und das willst du doch bestimmt nicht, oder?«

»Nein, das will ich nicht, Winston«, miaut Odette und kommt tatsächlich mit mir.

Ich bin baff, denn ich hatte mit wesentlich mehr Widerstand gerechnet. Odette liebt nämlich ihre Freiheit über alles, und dazu gehört auch, dass sie frei entscheiden kann, wo sie sich aufhält.

Dummerweise ist von Kira weit und breit nichts zu sehen. Ich schätze, sie ist noch immer im Pferdefieber. Aber da ich ja ein sehr hellhöriger Kater bin, habe ich natürlich vorhin mitbekommen, in welchem Zimmer Kira untergebracht ist. Den Schlüssel zu besorgen, ist im wahrsten Sinne des Wortes ein Katzenspiel. Doch als wir schließlich den schmalen Gang entlanglaufen, von dem die einzelnen Zimmer abgehen, erweist sich der Schlüssel als überflüssig: Kiras Zimmertür ist nur angelehnt.

Typisch Kira, schießt es mir kurz durch den Kopf. Hat mal wieder in ihrer Eile vergessen, die Tür zuzumachen.

Odette und ich treten ein, sehen uns um und finden beide sofort, dass es hier drinnen wirklich sehr gemütlich ist.

»Und sicher«, füge ich hinzu.

»Ja, und sicher, Winston. Wobei ich mich auch auf dem

Dachboden sehr wohlgefühlt habe. Doch wenn du dann am Ende nur noch ein Nervenbündel bist, dann wirkt sich das auf unsere Kleinen bestimmt nicht so gut aus.«

Ich baue Odette das schönste Lager, das sich eine Katze nur wünschen kann.

»Schau nur, mein Schatz, von hier aus kannst du aus dem Fenster direkt auf den Hof schauen und alles überblicken.«

Odette maunzt zufrieden und sinkt träge in die weichen Kissen und Decken, die ich herangezogen habe.

»Sehr gemütlich, Winston, sehr …« Doch dann verzieht sie plötzlich ihr schönes Katzengesicht vor Schmerzen.

Sofort bin ich an ihrer Seite und tätschele ihren Kopf. »Wo tut es weh? Was kann ich tun? Geht es jetzt los? Soll ich Kira holen? Werner? Anna? Den Tierarzt???«

Odette lacht – und zwar mich aus. »Winston, Winston, du bist ja ganz aufgeregt. Aber nun sorg dich nicht. Alles ist gut … nur … nur …«

»Was nur?«

Sie schenkt mir ein sanftes Katzenlächeln. »Ich glaube, das Plätzchen hast du gerade zur rechten Zeit für mich gebaut, mein Liebster.«

Heilige Ölsardine, es geht tatschlich los! Ich muss Kira holen! Auf der Stelle!

Generalprobe schlecht, Aufführung gut. Hoffentlich!

Fehlalarm!

Ich weiß nicht, ob ich traurig oder erleichtert sein soll. Vielleicht nutze ich einfach die Gunst der Stunde und mache noch ein kleines Nickerchen. Das Lager ist wirklich sehr gemütlich, und Odette duftet so gut, und überhaupt bin ich nach all der Aufregung nun doch ein bisschen erledigt.

Außerdem kann ich Odette unmöglich alleine lassen. Auch wenn sie gerade meinte, dass es nur ganz schwache Vorzeichen gewesen wären und es bestimmt noch eine Weile dauert, bis es richtig losgeht, so ist es mir dennoch zu gefährlich, sie aus den Augen zu lassen.

Mit einem tiefen Katerseufzer sinke ich neben meine Liebste und drücke mich ganz eng an sie heran. Hach, ist das schön. So weich und warm, so entspannend und …

»DAS GEHT ABER NICHT!«, erklingt es ärgerlich draußen auf dem Hof.

Ich werfe einen Blick auf Odette. Sie hält die Augen weiterhin geschlossen. Zum Glück hat sie wohl von dem Radau da draußen nichts mitbekommen.

Verflixte Ölsardine, meine Liebste braucht endlich ihre Ruhe. Begreift das denn keiner? Diese ständige Aufregung ist alles andere als gut für sie und unsere Kleinen. Ich schätze, bei all dem Stress verspüren die absolut keine Lust, geboren zu werden. Ich kann es ihnen nicht verübeln, denn mich nervt das Gezeter da draußen auch höllisch.

Vorsichtig, damit Odette nicht doch noch wach wird, schleiche ich mich aus unserem gemütlichen Kuschellager und rücke noch etwas näher ans Fenster heran.

Auf dem Hof probt Direktor Balotelli gerade mit den beiden Pudeln einen ziemlich weiten Sprung übers Wasserbecken. Anscheinend haben sich Pat und Patachon von dem Schrotgewehrschreck wieder erholt oder Balotelli setzt auf die Strategie der Ablenkung. Schnell wieder zurück zum Alltag und vergessen, was uns geschockt hat.

Die beiden Pudel geben sich auch wirklich die größte Mühe, obwohl das Ganze unentwegt von Beates gehässigen Kommentaren begleitet wird. Irgendetwas passt ihr wohl mal wieder nicht. Das sieht man ihr an – aber eigentlich ist das ja der Normalfall bei Beate. Direktor Balotelli probt trotzdem unbeeindruckt mit Pat und Patachon weiter und schenkt der motzenden Beate keine Beachtung.

Im nächsten Moment setzt Pat zu einem wirklich gewagten Sprung an. Beate schimpft: »Müssen Sie denn unbedingt hier mitten auf dem Hof diesen Wassertümpel aufbauen? Der lockt doch nur die Mücken an und ich bin sowieso schon ganz zerstochen. Also, ich finde …« Weiter kommt sie nicht.

Pat hat sich wohl von ihrem Gezeter ablenken lassen und ist – PLATSCH! – mitten im Becken gelandet. Wasser spritzt, Beate schreit hysterisch und steht im nächsten Moment wie ein begossener Pudel da. Also genau so wie Pat. Die beiden könnten Zwillinge sein. Nur, dass Pat keine Schnappatmung hat und auch nicht so dunkelrot anläuft.

»Ich … ich … ich …«, keift Beate, »ich fasse es nicht! Das ist ja eine Ungeheuerlichkeit! Wie sehe ich denn jetzt aus! Meine Haare. Mein Kleid. Ich werde Sie verklagen, Balotelli! Sie und Ihre unmöglichen Viecher. Das hat der Köter doch mit Absicht gemacht!«

Beate ist völlig außer sich. Von ihrem Geschrei angelockt stürmen erst Anna und direkt hinter ihr Werner aus dem Haus.

Anna schlägt erschrocken die Hände über dem Kopf zusammen, als sie die pitschnasse Beate erblickt.

»Oh nein, wie konnte das denn passieren!«, höre ich sie rufen.

Anklagend blickt Beate in Richtung Balotelli. »Der! Der war das!«, keift sie.

Sie macht den Eindruck, als wolle sie sich auf ihn stürzen und ins Wasserbecken schubsen.

Anna befürchtet das wohl auch und umfasst sicherheitshalber ihren Arm.

»Beate, bitte, nun beruhige dich doch. Das war bestimmt keine Absicht …«, versucht Anna sie von Schlimmerem abzuhalten.

»Keine Absicht?«, keucht Beate. »Natürlich war es das!«

Mit einem energischen Ruck entreißt sie Anna ihren Arm und macht einen Schritt auf Balotelli zu, der angriffslustig schon mal die Fäuste ballt.

»Werner, nun unternimm doch was!«, fleht Anna ihren Zukünftigen an.

Doch Werner ist irgendwie in Schockstarre verfallen. Er steht einfach nur da und schaut von der nassen und schimpfenden Beate zu dem wutschnaubenden Balotelli, der nun seinerseits aussieht, als wolle er Beate im Becken versenken.

»Werner!«, wiederholt Anna – und endlich geht ein Ruck durch Werners Körper.

Er schnappt sich die pitschnasse Beate und eh sie sich's versieht, hat er sie rüber zum Haus bugsiert. Beate ist tatsächlich so perplex, dass sie es erst einmal geschehen lässt. Doch als Werner die Tür aufmacht, keift sie: »Diese ganze Hochzeit ist eine einzige Farce, Werner, sieh das doch endlich ein! Und dann noch dieser unmögliche Zirkuskerl, einfach nur schrecklich.«

Werner redet beschwörend auf Beate ein, und Anna sieht so aus, als würde sie jeden Moment einen Nervenzusammenbruch bekommen – zumal Balotelli Anstalten macht, hinter Beate herzusprinten. Doch Werner schafft es, Beate ins Haus zu schieben und dann schnell die Tür zuzuknallen. Anna sagt irgendetwas zu Balotelli und rennt dann hinter Werner und Beate her.

Heilige Ölsardine, was für ein Theater! Das ist echt nicht zum Aushalten. Ich gebe Beate ungern recht, aber mir wäre es auch lieber gewesen, wenn die Hochzeit in Hamburg stattgefunden hätte.

Odette maunzt leise im Schlaf. Ich werfe ihr einen besorgten Blick zu, da geht die Zimmertür auf und Kira kommt hereingeschneit. Sie strahlt wie die Sonne.

»Winston, hey, da bist du ja.« Dann wirft sie einen Blick auf die schlafende Odette und verbessert sich:

»... ihr ...«

Soso, sie erinnert sich also noch an mich und Odette. Ich hatte schon vermutet, sie hätte nur noch Augen und Ohren für diese schrecklichen Schweifträger. Insbesondere diesen Bulli.

»Oh, wer hat Odette denn das schöne Lager gemacht? Du, Winston?«, fragt sie mich.

Ich nicke und schenke ihr dann den vorwurfsvollsten Blick, den ich draufhabe.

»Hach ja, dieser Ort ist einfach nur perfekt, um kleine Katzenbabys in die Welt zu setzen«, schwärmt sie. »So friedlich und natürlich ...«

Friedlich? Hat Kira das tatsächlich gerade gesagt? Hier wurde geschossen, gekeift und ins Wasser geplumpst. Was daran ist bitte schön friedlich?

»Weißt du, Winston, ich bin total glücklich, dass Mama und Werner hier heiraten werden. Bestimmt kommen wir dann regelmäßig hierher und dann kann ich Bulli besuchen und eine tolle Zeit mit Lina und Lucas verbringen. Die sind übrigens total nett. Wir haben uns morgen früh zum Reiten verabredet, ich bin schon ganz aufgeregt …« Mitten im Satz stockt sie, schaut sich suchend nach ihren Taschen um und ruft dann leicht hektisch: »Oh nein, ich glaube, ich habe gar keine vernünftigen Sachen mit, in denen ich reiten kann.« Keine drei Atemzüge später ist sie wieder aus dem Zimmer gerannt und ich kann ihr einfach nur kopfschüttelnd hinterherschauen.

Meine Kira ist im Pferdefieber, und das, so scheint es mir, ist eine extrem schlimme Krankheit.

Odette dreht sich von rechts nach links.

»Winston?«, maunzt sie leise. »War was?«

Ich kuschele mich an sie. »Nein, alles ist gut, und ich bin bei dir. Schlaf ruhig weiter …«

Sie seufzt tief. »Dann ist ja gut …«, und ist schon wieder eingeschlummert.

Ich lasse die Tür nicht aus den Augen, denn wenn Kira zurückkommt, dann werde ich ihr erst einmal klarmachen, dass es hier bestimmt nicht friedlich und schön ist. Doch schon nach wenigen Minuten werden meine Lider schwerer und schwerer. Odettes Wärme, ihr gleichmäßiges Atmen …

Ich laufe kreuz und quer durch die Reithalle. Oben auf der Bande sitzt der dicke Graue. Er ruft mir irgendetwas zu, aber ich verstehe ihn nicht. Es klingt wie ein Singsang – ja genau, er singt etwas. Aber kein schönes Lied. Es ist eine Warnung.

Ich bleibe stehen. »Lass mich in Ruhe!«

Der dicke graue Kater lacht verächtlich. »Dann willst du also nicht wissen, wer Odette entführt hat?«

»Odette liegt in Kiras Zimmer und schläft!«

»Bist du dir da so sicher?«

»Natürlich …«

Plötzlich ist der dicke Kater verschwunden. An seiner Stelle taucht nun ein Mann mit einem Gewehr auf – verflixter Heringstopf, der Jäger!

Ich muss schnell zurück zu Odette. Warum habe ich sie eigentlich alleine gelassen? Was mache ich bloß hier?

Auf dem Hof tanzen Pat und Patachon einen Walzer. Doch nicht zu Balotellis Musik, sie drehen sich wie verrückt zu Beates Gekeife im Kreis. Als wäre es eine schöne Musik.

Ich bin total baff und bleibe einen Moment stehen. Doch als Pat mich auffordert, mit ihnen zu tanzen, sprinte ich davon. So weit kommt es noch … Niemals.

Im Katergalopp flitze ich in Kiras Zimmer zurück. Die Tür ist wieder nur angelehnt. Kira, Kira, ich habe ihr doch gesagt, dass sie auf Odette aufpassen soll!

Als ich reinstürme, sehe ich es sofort. Odettes Lager ist leer. Kein Härchen von ihr zu sehen. Ich suche in jeder Ecke, schaue sogar unter dem Bett nach. Doch der dicke graue Kater hatte recht, Odette ist weg … entführt worden.

»Winston? Winston?« Jemand rüttelt an mir. Ich schlage die Augen auf und sehe Odette. Beim heiligen Katzenherrgott, ich habe nur geträumt. Es war nichts als ein dummer Albtraum. Alles ist gut …

Oder doch nicht?

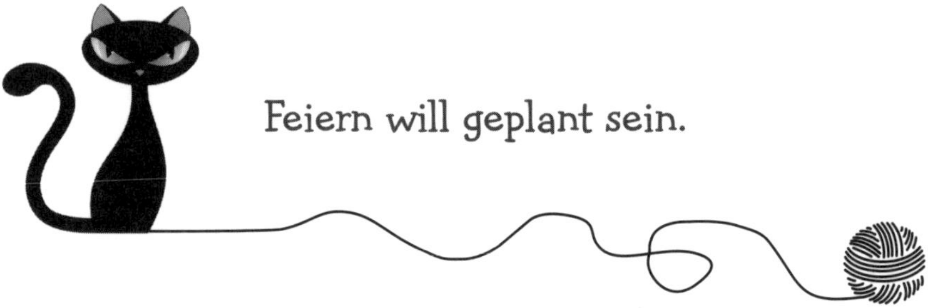

Feiern will geplant sein.

»Ich persönlich bin eine Verfechterin der bunten Reihe, meine Liebe.« Frau Hagedorn, Werners Mutter, zeigt beim Lächeln sehr viele Zähne. Man könnte sogar so weit gehen zu sagen, dass sie sie fletscht. Babuschka starrt sie an und gibt einen Laut von sich, der offen gestanden nicht besonders freundlich, sondern eher wie ein Knurren klingt. Himmel! Wo bin ich hier bloß reingeraten?

Dabei wollte ich doch nur ein bisschen frische Luft schnappen nach einer schrecklichen Nacht, in der ich wirklich kaum ein Auge zugetan habe. Odette hat mich zwar geweckt, als ich mitten im schlimmsten Albtraum gemaunzt und gefaucht habe – aber danach habe ich auch nicht mehr wirklich gut geschlafen. Und nun hocke ich hier zwischen zwei älteren Damen am Frühstückstisch, die sich ernsthaft darüber in die Wolle bekommen, welcher Mensch beim Hochzeitsessen neben wem sitzt. Als Kater hätte ich da folgenden Vorschlag zur Güte: Einfach alles in Näpfen auf den Boden stellen und jeder nimmt sich, was er braucht. Funktioniert bei uns Katzen ganz hervorragend!

Und was ist überhaupt eine *bunte Reihe*? Heißt das, dass sich die Menschen ganz bunt anziehen müssen? Als Kater kann ich Farben nicht besonders gut auseinanderhalten und ich verstehe auch nicht, was sie mit der Sitzordnung zu tun haben könnten.

»Aberrr wenn sich ist Onkel Kolja ganz allein zwischen Beata und Simona, wird er verstähn kein Wort! Ist sähr, sähr schlecht!« Babuschka runzelt die Stirn. Das sieht unglaublich besorgt aus. Frau Hagedorn fletscht ihre Zähne noch ein wenig mehr.

»Ach was!«, ruft sie dann und macht eine Handbewegung, die so aussieht, als könne sie damit alle Bedenken beiseitewischen. »Simone und Beate sprechen ganz ausgezeichnet Englisch. Damit werden sie sich schon verständigen können.«

»Englisch?« Babuschka schnappt nach Luft. »Spricht sich Onkel Kolja kein Englisch nicht. Nur Russki!«

»Du meine Güte! Wer spricht denn heutzutage kein Englisch?« Frau Hagedorn schüttelt verständnislos den Kopf.

»Heutzutage? Onkel Kolja ist alte Mann. Ist schon achtzig!« Nun ist Babuschka aber ernsthaft empört. Ich kann's verstehen. Bevor ich aus Versehen in Kiras Schule gelandet war, war mir auch nicht klar, dass Menschen verschiedene Sprachen sprechen. Und das macht die Sache mit der Verständigung wirklich kompliziert! Davon mal ganz abgesehen: Selbst mit besten Deutschkenntnissen hätte ich persönlich überhaupt keine Lust, an einem Tisch zwischen Beate und Simone zu sitzen. Die eine total zickig, die andere irgendwie abgedreht – nee, danke! Da kann ich mir Schöneres vorstellen. Zum Beispiel den eben erwähnten Napf. Und zwar randvoll mit Geflügelleber, abgestellt in einem ruhigen Eckchen.

»Na gut – wenn Sie darauf bestehen, liebe Frau Kovalenko, dann sitzt Onkel Kolja eben neben Ihnen und meinem Cousin Hans-Jürgen!«, seufzt Frau Hagedorn und klingt dabei sehr genervt. Sie greift nach dem Zettel mit der Tischordnung, der vor ihr liegt, und kritzelt darauf herum, schüttelt dabei immer wieder den Kopf. Offenbar zerstört Onkel Kolja die bunte Reihe, an der Werners Mutter so viel liegt. Ob er immer nur schwarz trägt und deshalb nicht hineinpasst?

Beate kommt auf uns zugesteuert und sofort ahne ich Schlimmes.

»Guten Morgen, liebe Schwiegermama«, säuselt sie. Für Babuschka hat sie nur ein kurzes Kopfnicken übrig. Die beantwortet dieses schlechte Benehmen mit einem ebenfalls kühlen Nicken. Die ohnehin schon frostige Stimmung am Tisch fällt gefühlt noch einmal um zehn Grad.

»Ach, ihr kümmert euch um die Sitzordnung?«, will Beate wissen. »Lasst mal gucken, für so etwas habe ich ein Händchen.« Sie wirft einen kurzen Blick auf den Zettel. »Wer ist denn Onkel Kolja? Also, das passt aber doch gar nicht so!«

Heilige Ölsardine, geht das jetzt etwa wieder von vorne los? Bevor es so weit kommt, nehme ich Reißaus und wetze in Richtung Ställe. Ich könnte dort ja mal nach Kira suchen. Sie ist noch vor dem allgemeinen Frühstück verschwunden, und ich fürchte, sie hat sich tatsächlich mit diesen anderen Kindern getroffen. Blöde Ponykinder!

Ich werfe einen Blick in den Stall des schwarzen Ponys, das Kira so toll findet. Fehlanzeige – keine Kira weit und breit, allerdings auch kein Pony. Wenn das Pony aber nicht hier ist, dann ist es vielleicht in der Reithalle, kombiniere ich messerscharf. Und zwar mit meiner allerliebsten Kira! So eine Unverschämtheit! Denen werde ich aber etwas erzählen!

Im Supersprint sause ich zur Reithalle, drücke mich unter der Bande hindurch und tatsächlich: Kira sitzt auf Bulli, der wiederum an einer Leine festgebunden ist und im Kreis um den Jungen herumläuft. MAUNZ! Also doch Bulli! Was für ein grauenhafter Anblick! Ich bin tief in meiner Katerehre getroffen! MEINE Kira geht fremd! Mit einem wiehernden, nach Mist stinkenden Pony! Aber wartet, euch werde ich es zeigen! Niemand stiehlt sich ungestraft in das Herz meines Mädchens!

Ich schleiche, so heimlich ich nur irgend kann, Richtung Pony – und das kann ich als Katze richtig gut. Als ich ungefähr noch einen Meter entfernt bin, stürze ich mich mit einem lauten Fauchen auf Bulli und erwische ihn mit meinen Krallen am Hinterbein. Er erschreckt sich fürchterlich, macht drei, vier wilde Bocksprünge – und Kira fliegt in hohem Bogen durch die Luft und landet im Reithallensand. Okay, das tut mir zwar ein bisschen leid, aber ich habe ja gleich gewusst, dass dieses schwarze Pony gemeingefährlich ist. Jetzt habe ich es auch bewiesen, und niemand kann mehr leugnen, dass man sich besser von dem Biest fernhält, maunz!

»Sag mal, Winston, bist du völlig verrückt geworden?«, motzt Kira mich an und reibt sich den rechten Arm.

Hä? Verrückt? Ich? Das böse Pony hat sie doch abgeworfen, ich hab's genau gesehen! Beleidigt maunze ich Kira an. So lässt ein Winston Churchill sich nicht behandeln!

Der Junge läuft auf Kira zu und reicht ihr die Hand zum Aufstehen.

»Auweia, das sah aber ganz schön wild aus! Da hat sich Bulli wirklich vor der Katze erschreckt, das war garantiert keine Absicht. Hast du dir wehgetan?«

Kira schüttelt den Kopf.

»Nee, nicht wirklich, geht schon wieder. Ich weiß auch nicht, was auf einmal in Winston gefahren ist. Der hat den armen Bulli ja regelrecht angefallen!«

Sie klopft sich den Sand von der Hose, dann geht sie zu dem Pony, das mittlerweile wieder ganz ruhig an seiner Leine steht und das Geschehen verfolgt.

»Armer Bulli!« Kira streichelt ihn sanft am Hals. »Du hast dich erschreckt, nicht wahr? Das tut mir wirklich leid, du Armer!«

MIAUUUUMAUNZ!!! *Du Armer?* Und damit meint sie das doofe Pony? Ich bin mehr als empört – ich bin tief getroffen! Anstatt endlich zu erkennen, dass diese Ponyreiterei gefährlich und nicht gut für sie ist, bekomme ich die Schuld? Na gut, vielleicht ist es auch ein bisschen meine

Schuld, aber ich bin immerhin Kiras bester vierbeiniger Freund! Und dieser Bulli soll sich bloß mal nicht so anstellen, was ist schon ein kleiner Prankenhieb meinerseits für so einen Riesenkerl?

Jetzt gibt das Pony noch ein Geräusch von sich, das wie WÜHIHI klingt – ich bin sicher, dass es mich gerade auslacht. So eine Gemeinheit! So eine Unverschämtheit! Das muss ich mir nun wirklich nicht mehr bieten lassen! Hoch erhobenen Hauptes trabe ich wieder aus der Reithalle heraus. Soll Kira doch mit ihren neuen Freunden glücklich werden, sie wird schon sehen, was sie davon hat.

Ich werde nun dieses schreckliche Wochenende irgendwie durchstehen, und wenn wir wieder in Hamburg sind, werde ich schlicht und ergreifend NIE wieder etwas mit Kira unternehmen. Jawohl! Da kann sie dann noch so um meine Freundschaft betteln, ich werde sie ignorieren. Ich bin schließlich keine Puppe, mit der man mal spielt und mal nicht, pah! Und außerdem habe ich zu Hause in Hamburg sowieso gar keine Zeit mehr für Kira. Weil ich dann nämlich stolzer Vater von sechs kleinen Kätzchen sein werde. Die werde ich zu tollen Wesen erziehen. Mit Respekt und Anstand. Die werden wissen, was Freundschaft bedeutet und wie man sie wertschätzt. Und garantiert werden meine Kinder nie ihren besten Freund wegen eines Ponys verraten. Oder wegen irgendeines anderen hergelaufenen Wesens. Die werden wie ein Fels in der Brandung sein. Treu und unerschütterlich. Weil sie es nämlich so von mir, ihrem Vater, gelernt haben werden, miau!

Ehe Kira und der Junge es bemerken, bin ich aus der Reithalle getrabt. Kira ruft mir noch irgendetwas hinterher, aber ich tue so, als hätte ich gar nichts gehört. Das Einzige, was jetzt noch helfen könnte, wäre eine sehr umfangreiche Entschuldigung ihrerseits, aber ich glaube, sie hat etwas anderes gesagt. Eher so etwas wie: *»Hey, nun stell dich mal nicht so an, ich hab doch recht«*. Darauf lasse ich mich natürlich gar nicht ein. Soll sie doch mit ihren stinkenden Bauernhofbewohnern glücklich werden.

Draußen angekommen, muss ich nicht lange überlegen, wo ich als Nächstes hingehe. Natürlich zu meiner Odette. Die war heute früh noch so schlapp, dass sie beschlossen hat, Kiras Zimmer nicht zu verlassen. Ich werde mich gleich mal nach ihrem Befinden erkundigen. Vielleicht kann ich ja dafür sorgen, dass die Gutshofküche meiner Liebsten ein spätes Frühstück am Bett serviert. Genau. Gute Idee! Ich werde Odette nur rasch fragen, was sie eigentlich fressen will.

Ich laufe zum Gutshaus, husche die Treppen am Eingang hoch und stehe schon kurz darauf vor Kiras Zimmertür. Ein kurzer Stups mit der Vorderpfote öffnet die nur angelehnte Tür, dann bin ich drin.

»Odette, mein Schatz, du kannst dir nicht vorstellen, was für ein furchtbarer Ort das hier ist«, maunze ich, während ich zu dem von mir gebauten Kuscheleckchen trabe. »Ich hoffe, wir sind bald wieder zu Hause. Na ja, Hauptsache, du kannst hier in Ruhe die Babys bekommen. Wie geht es dir denn jetzt? Soll ich dir etwas zu fressen besorgen?«

Odette antwortet nicht. Hat sie vielleicht keinen Hunger? Oder schläft sie etwa so tief und fest, dass sie mich gar nicht hört? Ich gucke in das Kuschelnest. Es ist leer. Odette ist verschwunden!

Ein schlimmer Verdacht!

Odette ist verschwunden! Zumindest aus Kiras Zimmer. Ich kann es nicht glauben, dass meine Odette so unvernünftig ist und das Zimmer verlassen hat, obwohl sie mir bei unseren sechs Ungeborenen versprochen hat, genau das nicht zu tun.

Soll ich jetzt also empört oder besorgt sein?

Ich bin unentschlossen. Schon möglich, dass sie ein kleiner Hunger gequält hat. Und weil ich bestimmt eine halbe Ewigkeit in dieser staubigen und stinkenden Reithalle verbracht habe, um mich von Kira derart kränken zu lassen, hat meine Liebste beschlossen, sich selbst etwas zum Frühstück zu organisieren.

Verflixte Mausschwanzspitze! Dann hat es meine Geliebte also vor Hunger aus dem Zimmer getrieben, und wer ist daran schuld: KIRA!

Wenn sie sich nicht ständig bei diesen doofen Ponys herumtreiben würde, dann müsste ich sie auch nicht vom Reiten abhalten. Und dann wäre ich bei Odette geblieben und hätte ihr Frühstück gebracht. Wobei ich sowieso finde, dass Kira sich ruhig mal ein bisschen mehr um Odette kümmern und sorgen könnte. Schließlich bekommt sie Katzenbabys. Aber irgendwie scheinen das hier alle vergessen zu haben. Werner und Anna sind im Hochzeitsrausch und Kira im Ponyglück!

Pfui, Spinatwachtel!

Okay, Kira werde ich jetzt mal was miauen. Die kann sich auf ein richtiges Donnerwetter gefasst machen – also, sobald ich Odette wieder sicher und satt in ihr kuscheliges Katzenbettchen zurückgebracht habe.

Entschlossen verlasse ich das Zimmer und kurz darauf das Gutshaus. Ich gehe fest davon aus, dass ich Odette drüben in der Scheune antreffen werde und auch, dass sie bestimmt schon gespeist hat. Odette ist eine gute Jägerin. Die beste, die ich kenne, und auch wenn sie inzwischen reichlich rund geworden ist, hat darunter ihre Wendigkeit nicht im Geringsten gelitten. Das hat sie gestern bereits unter Beweis gestellt.

In der Scheune ist allerdings kein Härchen von meiner Liebsten zu sehen. Ich miaue mir die Stimmbänder heiser, doch ohne Erfolg.

Also suche ich den Geräteschuppen daneben ab und danach sogar den Pferdestall. Keine Spur von Odette. Langsam beginne ich mir Sorgen zu machen. Sie wird doch nicht so leichtsinnig gewesen sein und sich weiter als nötig von Kiras Zimmer entfernt haben?

Ich traue Odette ja einiges zu, aber dass sie sich aufgemacht hat, um in der angrenzenden Feldmark auf Frühstücksfang zu gehen, nein, das kann ich mir beim besten Willen nicht vorstellen.

Odette ist mutig, abenteuerlustig und unerschrocken, aber nicht leichtsinnig! Und gewiss würde sie nie etwas tun, was unsere Kleinen in Gefahr bringt.

Da stimmt was nicht! Von Schritt zu Schritt bin ich mir sicherer!

DA STIMMT ETWAS NICHT!

»Odette? Odette? Wo bist du???«, miaue ich lautstark über den Hof.

Ich flitze zur Reithalle. Kira sitzt noch immer – oder nein, schon wieder auf diesem wilden Bulli.

Ich springe auf die Bande, halte Ausschau nach Odette, miaue mir die Katerseele aus dem Hals und bekomme einfach keine Antwort.

Okay, jetzt bin ich ernsthaft besorgt.

»Odetteee? Wo bist du nur?«

»Winston, sag mal, was soll das Theater eigentlich?«, motzt mich Kira an. Ihr Blick spricht Bände, sie ist total genervt von mir.

»Dein Kater ist eifersüchtig«, lacht Lucas. »So was habe ich auch noch nicht erlebt.«

Erstens bin ich nicht eifersüchtig, sondern über alle Maßen um das Wohl meiner Liebsten besorgt. Zweitens gehe ich nicht davon aus, dass irgendeine dieser räudigen Dorfkatzen in der Lage ist, eine Freundschaft, wie ich sie zu Kira pflege, zu unterhalten. Und erst recht keine detektivische! Dieser Dorfjunge weiß also gar nicht, wovon er redet!

Aber egal, das ist gerade absolut unwichtig. Meine sorgenvollen Gedanken sind bei Odette und Kira soll jetzt gefälligst von diesem Zottelbulli absteigen und mir beim Suchen helfen.

Ich miaue und miaue, ich gebe Kira eindeutige Zeichen, mit mir zu kommen, doch sie starrt mich nur finster an.

»Winston, ganz ehrlich, du übertreibst!«

»Vielleicht will er dir etwas zeigen?«, höre ich da plötzlich diesen Lucas sagen. Zwar ein Bauer – aber guter Junge, intelligentes Bürschchen. Was ich leider, leider von meiner Kira momentan nicht behaupten kann, denn sie schüttelt den Kopf. Muss am Ponyfieber liegen. Eine wirklich schwere Krankheit ist das. Ich hoffe doch, dass sie sich irgendwann davon wieder erholen wird.

»Nö, glaube ich nicht. Ich schätze, er mag einfach keine Ponys.«

RIIICHTIG! Ich mag keine Ponys. Aber Lucas hat auch recht. Ich will dir etwas zeigen, Kira, nämlich das leere Katzenbett in deinem Zimmer. Und dann hoffe ich doch wohl, dass du dir langsam, aber sicher auch mal Sorgen um Odette machst.

»Kira, du musst mir beim Suchen helfen!«, miaue ich.

Doch Kira klopft diesem Bulli den Hals, und dann dauert es noch eine halbe Ewigkeit, ehe sie sich endlich bequemt, von ihm abzusteigen.

»Ich kann mich nur für das unmögliche Verhalten meines Katers entschuldigen«, sagt sie mit Muffelgesicht zu Lucas. »Aber ich schätze, ich muss ihn jetzt erst mal beruhigen.

Bei diesem Miauen kann sich ja niemand aufs Reiten konzentrieren und erst recht keinen Spaß daran haben.«

Lucas nickt. »Ja, schon okay. Geh du mal und kümmere dich um deinen Kater. Der scheint ja wirklich ganz außer Rand und Band zu sein. Wenn du magst, dann starten wir später noch mal einen neuen Versuch.«

Kira verzieht das Gesicht, als hätte sie schlimme Zahnschmerzen. »Würde ich wohl gerne, geht aber leider nicht. Das war sozusagen meine letzte Chance. Ab jetzt dreht sich alles nur noch um die Hochzeit. Das soll schließlich der schönste Tag in Mamas und Werners Leben werden, und bei all den bunt gemischten Gästen, die aus Hamburg und Umgebung angereist sind, ist das nicht so selbstverständlich.« Sie wirft mir einen genervten Blick zu und murmelt: »Danke dafür, Winston.«

Kira, Kira, ich kenn dich echt nicht wieder! Sonst kapiert sie doch auch, wenn ich ihr etwas sagen will. Aber dieses Ponyvirus … schrecklich, ganz, ganz schreckliche Krankheit.

Ich verlasse die Reithalle und Kira folgt mir – endlich!

Auf dem Hof stehen Beate und Balotelli und streiten. Nichts Neues, aber deshalb bestimmt nicht weniger nervig. Frau Hagedorn und Babuschka fummeln an irgendwelchen Blumengestecken herum. Babuschka findet sie schön, Frau Hagedorn ist NATÜRLICH anderer Meinung.

»Kira, du kommst mir gerade recht«, ruft Frau Hagedorn, als sie Kira entdeckt. »Bist du wohl so freundlich und erklärst deiner Großmutter mütterlicherseits, dass das Pink der Blumen in den Arrangements nicht schön frisch und fröhlich, sondern billig und kitschig wirkt!«

Kira tut das einzig Vernünftige, sie versucht, sich rauszuhalten.

»Tut mir leid, aber ich muss gerade ganz dringend nach Odette schauen.« Sie lächelt von Babuschka zu Frau Hagedorn und wieder zurück und rennt dann fast schon fluchtartig ins Haus.

»Das fehlt mir gerade noch …«, murmelt sie, während wir Seite an Seite den Gang zu ihrem Zimmer entlanglaufen.

Ein kleines bisschen habe ich die Hoffnung, dass Kira die Tür aufstößt und Odette uns mit einem zufriedenen – da nicht mehr hungrigen – Lächeln entgegenblickt. Bitte, bitte, höre ich mich innerlich miauen, lass Odette zurückgekommen sein.

»Oh, wo ist denn Odette?«, ruft Kira und schaut mich fragend an.

Ich drehe mich im Kreis, ich gebe mir die größte Mühe, um meiner ponyverseuchten Kira klarzumachen, dass das ja gerade mein Problem und meine Sorge ist: Odette ist weg.

Und endlich, endlich begreift sie es!

»Deshalb hast du so ein Theater veranstaltet, Winston, du machst dir Sorgen um Odette.«

Maunz! Da ist sie wieder, meine Kira!

Nachdenklich schaut sich Kira im Zimmer um. »Womöglich hat ihr der Platz nicht gefallen? Vielleicht hat sie sich in irgendeine Scheune zurückgezogen, um in Ruhe und ganz ungestört ihre Kleinen zur Welt zu bringen?«

Ich miaue Protest. Nein, so kann es nicht sein. Odette weiß, dass ich mir Sorgen mache. Und außerdem hat sie mir hoch und heilig versprochen, unsere Kinderchen in Kiras Zimmer zur Welt zu bringen. Nein, nein und noch mal nein, ich spüre es ganz genau. Meine Nase juckt. Ein eindeutiges Zeichen, dass hier etwas nicht stimmt. Odette ist nicht freiwillig aus ihrem kuscheligen Lager verschwunden oder vielleicht schon, nur eben unfreiwillig nicht wieder zurückgekehrt.

Ich flitze zwischen Tür und Kuschellager hin und her und gebe Kira damit zu verstehen, dass wir nach Odette suchen müssen.

Jetzt sofort und auf der Stelle!

»Okay, okay, du machst dir also ernsthaft Sorgen um Odette«, deutet Kira mein Benehmen richtig. »Wir sollen nach ihr suchen.«

Ich nicke. Und Kira zögert keine Sekunde mehr.

»Mama wird schimpfen, weil ich längst unter der Dusche stehen müsste. Gegen Mittag kommt die Friseurin, die Mama, Babuschka und mir die Haare für die Hochzeit machen soll. Aber Odette geht natürlich vor.«

Kira folgt mir auf den Hof und fängt lauthals an, nach Odette zu rufen. Schon kommt Lucas aus dem Stall und fragt, was los ist.

»Odette ist verschwunden. Wir machen uns wirklich große Sorgen um sie, denn sie kann jeden Moment ihre Katzenbabys bekommen.«

Lucas erklärt sich sofort bereit, bei der Suche zu helfen.

Okay, okay, ganz so verkehrt ist er dann wohl doch nicht.

Während Kira und Lucas durch die Pferdeställe streifen und sich auch noch einmal die Reithalle ordentlich vornehmen, suche ich das Gelände rund um den Hof ab. Ich schaue wirklich in jeden noch so kleinen Winkel, miaue dabei ununterbrochen nach Odette, doch sie ist wie vom Erdboden verschluckt.

»Suchst du jemanden?«, fragt es plötzlich über mir.

Ich blicke nach oben und entdecke auf einem Baum eine Katze. Nein, zwei. Ganz anders, es sind sogar drei.

»Bist du neu hier?«, fragt eine von ihnen, eine grau getigerte mit leuchtend grünen Augen.

»Nur übers Wochenende«, gebe ich knapp zurück. »Und ja, ich suche jemanden, nämlich meine Freundin Odette. Sie ist schneeweiß und bildschön und sie erwartet Katzenbabys. Habt ihr sie zufällig gesehen?«

Die drei Katzen schütteln ihre Köpfe. »Leider nein«, erwidert der pechschwarze Kater. »Ich bin übrigens Peterle. Die Getigerte ist Uschi und der Rote dort drüben Bonny. Wo genau kommst du denn her? Oder du und deine Freundin?«

»Aus Hamburg. Sie heißt Odette und ich bin Winston.« Ich überlege kurz, ob ich mich mit vollem Namen vorstellen soll. Doch die drei sehen recht burschikos aus und können mit all meinen Titeln bestimmt sowieso nichts anfangen. Außerdem ist jetzt eh keine Zeit für ein Schwätzchen, ich muss weiter nach Odette suchen. Und am besten helfen mir die drei dabei.

»Ihr kennt euch hier bestimmt wesentlich besser aus als ich. Könnt ihr mir vielleicht bei der Suche helfen?«

»Wollte ich dir gerade vorschlagen«, erwidert Peterle, und die anderen nicken dazu.

Zu viert geht es weiter. Doch egal, wie weit wir unsere Suche auch ausdehnen, Odette bleibt einfach verschwunden. Als wir auf den Hof zurückkehren, treffe ich auf Kira. Sie schüttelt mit besorgter Miene den Kopf.

»Dann hast du sie also auch nicht gefunden?«, murmelt sie.

Ich miaue geknickt.

»Wir haben wirklich alles abgesucht. Lucas und Lina haben mir dabei geholfen, weil sie sich hier ja viel besser auskennen. Aber Odette ist einfach nicht zu finden. Hoffentlich ist ihr nichts passiert!«

»Ja, hoffentlich hat sie nicht der miese Jäger geschnappt, der hier seit einer halben Ewigkeit herumrennt und wahllos in der Gegend herumknallt«, sagt Peterle und sieht ziemlich besorgt dabei aus.

Jäger? Herumknallt? Auf meine Odette geschossen?

Heilige Ölsardine, wie bei Pat und Patachon! Und sollte mein Albtraum etwa wahr geworden sein und dieser hinterhältige Jäger tatsächlich etwas mit Odettes Verschwinden zu tun haben? Hat er sie vielleicht entführt?

With a little help from my friends – oder: Freunde helfen gern.

»Winston, nun lass den Kopf nicht hängen! Wir werden Odette schon finden«, versucht Kira, mich zu trösten. »Und wenn sie tatsächlich bei diesem Jäger sein sollte, dann bringen wir den zur Strecke, versprochen! Alles wird wieder gut!«

Kira krault mich zärtlich hinter den Ohren und an meinem Bäuchlein, aber ich fühle mich immer noch schrecklich. Es ist, als ob man morgens aufsteht und feststellen muss, dass die Sonne einfach nicht aufgegangen und es immer noch stockfinster ist. Ganz, ganz schrecklich!

O'Nelly meckert mitleidig. Die Zirkusziege hat mich offenbar bei meiner Suche beobachtet und kommt neugierig auf Kira und mich zugetrabt.

»Winston, old chap, Kira hat recht. Wir werden deine Freundin auch finden, wenn dieser schlimme Mensch sie irgendwo versteckt hält. Er wird sie nicht ewig vor uns verbergen können, that's for sure!«

Pat und Patachon kommen angehechelt. Offenbar wollen auch sie mich trösten. Heilige Ölsardine, das fehlte mir gerade noch! Winston Churchill wird von zwei Zirkuskläffern getröstet. Was für eine Demütigung! Sofern mir das überhaupt möglich ist, lasse ich den Kopf nun noch mehr hängen, fast schlurfen meine Schnurrhaare schon über den Boden.

»Auweia, dein Kater sieht jetzt aber echt jämmerlich aus!«, stellt Lucas fest, der mittlerweile auch neben Kira steht. »Der scheint sich wirklich Sorgen um die weiße Katze zu machen.«

Kira nickt.

»Na klar! Das ist ja auch seine Freundin!«

Lucas grinst.

»Seine Freundin?«

»Genau«, bestätigt Kira. »Seine Freundin und große Liebe.«

Gut, dass ich gerade nach unten gucke und auch sonst einfach sehr viel Fell im Gesicht trage. Sonst könnte man nämlich jetzt deutlich sehen, dass ich in diesem Moment sehr, sehr rot werde. Ich schätze es nicht so besonders, wenn mein Privatleben vor völlig Fremden ausgebreitet wird! Noch dazu vor fremden Ponyliebhabern!

»Hahaha! Große Liebe!« Lucas lacht. Was fällt dem ein? Macht der sich etwa über meine Gefühle lustig?

»Was ist denn daran so komisch?«, will jetzt auch Kira wissen.

»Na ja, *große Liebe* … wir reden hier von zwei Katzen.«

»Ach, und du willst mir gerade verklickern, unter Tieren gibt es so etwas nicht?«

»Äh … na ja …«

Kira wirft Lucas einen sehr, sehr strengen Blick zu.

»Natürlich gibt es das! Und genau deswegen werden wir jetzt auch alles daran setzen, Odette so schnell wie möglich wiederzufinden. Also, wo wohnt dieser Jäger?«

Lucas zuckt mit den Schultern.

»Weiß nicht so genau. Vielleicht ist das ja auch nur ein Gerücht. Das soll jemand von außerhalb sein, meint mein Vater. Ein Typ, der nur am Wochenende zum Jagen hierherkommt. Gesehen hat ihn noch niemand. Alles ziemlich geheimnisvoll.«

»Darf man das denn einfach so? Hier am Wochenende herkommen und Tiere abknallen?«, fragt Kira empört.

»Na ja, so einfach natürlich nicht. Man braucht einen Waffenschein, einen Jagdschein und muss hier ein Jagdrevier pachten. Aber dann kann man tatsächlich loslegen. Wenn man sich an alle Gesetze hält, ist das in Ordnung. Nur wenn man dann irgendwie auffällig wird, dann können einem die ganzen Scheine entzogen werden und man muss seine Waffen abgeben und darf logischerweise nicht mehr auf wilde Tiere schießen. Solange man als Jäger aber noch die Erlaubnis hat, ist die Jagd ein Hobby wie jedes andere auch.«

Pat und Patachon hecheln entsetzt, O'Nelly schüttelt den Kopf.

»Oh dear! Manche Menschen sind wirklich schlimm! Wie kann es denn ein Hobby sein, auf unschuldige Tiere zu schießen?«

Wo die Ziege recht hat, hat sie recht!

Ich finde die Vorstellung auch furchtbar – und das, obwohl ich als Kater doch auch ein Jäger bin. Oder zumindest sein müsste.

»Aber wieso sollte denn ein Jäger Odette einfangen«, überlegt Kira laut. »Eine Katze ist doch kein Hase.«

»Aber Jäger dürfen auf wildernde Katzen schießen«, erklärt ihr Lucas. Mir läuft es sofort eiskalt den Rücken herunter. Wildern! Damit ist doch hoffentlich nicht gemeint, dass eine rechtschaffene Katze keine Mäuse mehr jagen darf, oder? Sonst wäre meine Odette ja in höchster Gefahr!

»Odette wildert doch nicht!«, ruft Kira.

»Natürlich nicht. Aber für die schwarzen Schafe unter den Jägern ist das wahrscheinlich eine willkommene Ausrede.«

Kira schnappt nach Luft.

»Meine arme Odette!«

»Nun beruhig dich mal. Wir wissen doch noch gar nicht, was passiert ist. Wir werden sie jetzt suchen, und natürlich werde ich den Jäger zur Rede stellen – wenn wir ihn denn finden! Das allerdings dürfte nicht ganz so leicht sein.«

»Winston«, flüstert mir O'Nelly zu, »ich habe eine Idee, wie wir finden diese Mann! Und dann deine Odette! Die perfekte Plan, 100 percent foolproof, hundertprozentig narrensicher!«

Ich starre sie an.

»Ja?«

Sie nickt.

»For sure! Wir stellen ihm eine Falle. Pat und Patachon werden die Lockvögel sein. Oder besser: die Lockhunde!« O'Nelly meckert vor Vergnügen über ihre eigene Idee. Mir ist leider noch nicht ganz klar, was genau die Ziege damit meint. Wahrscheinlich hat die Angst um Odette meine Hirnwindungen durcheinandergebracht.

»Wie meinst du das?«, frage ich deshalb zaghaft nach.

»Na, ist doch klar – der Jäger hat es schon einmal auf die beiden abgesehen. Wir schicken sie also wieder los, beobachten diesmal ganz genau die Umgebung und finden heraus, wer auf sie schießen will. Und bevor es knallt, schnappen wir den Übeltäter und zwingen ihn, Odette herauszugeben.«

»Hm.« Ich lege den Kopf schief. Das könnte funktionieren. Allerdings hat der Plan aus meiner Sicht einen kleinen, aber wesentlichen Haken.

»Schön und gut – aber was ist denn, wenn er den beiden tatsächlich ein Loch in den Pelz brennt?«

»Mähähäää, ach was! Das ist ihm doch beim ersten Mal auch nicht gelungen!«

»Ja, aber vielleicht hat er beim zweiten Mal mehr Übung. Oder mehr Glück.«

Mir liegt nicht wirklich viel an Balotellis Kötern, aber über den Haufen geschossen will ich sie nun doch nicht sehen. O'Nelly stößt ein meckerndes Seufzen aus.

»Na gut, wenn du eine bessere Idee hast …«

Ich schüttele den Kopf.

»Nein, leider nicht. Es sei denn …« Ich überlege kurz.

Dann habe ich einen Geistesblitz. Ja! So müsste es funktionieren!

»Wir gehen als Gruppe los! Die Hunde und ich! Und du vielleicht auch noch! Und die Vögel und das Äffchen! Wenn wir die ganze Zeit in Bewegung sind, dann wird er uns erstens sofort bemerken und kann zweitens nicht genau zielen. Wir bilden gewissermaßen eine lebende rollende Kugel!«

»Mähähä, good idea! So könnte es funktionieren! Dann brauchen wir nur noch jemanden, der die Umgebung genau beobachtet!« O'Nelly hüpft aufgeregt hin und her, sie scheint sich regelrecht auf die Jagd nach dem Jäger zu freuen. Ich hingegen muss zugeben, dass mir der Gedanke, als lebende Zielscheibe durch die Gegend zu laufen, nur mittelgut gefällt. Aber um Odette zu retten, ist mir natürlich kein Opfer zu groß und kein Einsatz zu hoch!

Fehlt also nur noch das Observationsteam, das nach allen Seiten Ausschau hält. Ich mustere Kira und Lucas. Ob es mir gelingt, den beiden unseren Plan zu erklären? Immerhin wollen sie auch nach Odette suchen. Einen Versuch ist es also wert! Ich beginne, an Kiras Hosenbein zu kratzen, damit sie mir zuhört, als Anna auf uns zukommt.

»Kira, wo steckst du denn die ganze Zeit? Bis zur Trauung ist noch so viel zu erledigen, und du tust so, als würdest du Ferien auf dem Ponyhof machen!«

»Nein, Mama, mach ich gar nicht. Aber Odette ist verschwunden und ich muss sie dringend suchen!«

Anna wirft ihrer Tochter einen strengen Blick zu.

»Deine Tierliebe in allen Ehren, aber die Hochzeit geht nun eindeutig vor! Ich wünschte, wir hätten die Katzen einfach über das Wochenende in eine Tierpension gegeben, dann hätten wir den ganzen Ärger jetzt nicht!«

Maunz! Was ist denn auf einmal mit Anna los? Was heißt hier »den ganzen Ärger«? Wer wollte denn unbedingt hier auf dem Land heiraten? Das war doch wohl Anna! Und dass die Hochzeit jetzt wichtiger sein soll als das Leben meiner geliebten Odette und unserer Babys – das ist wirklich allerhand! Was, bitte, ist denn schon so wichtig an einer Hochzeit? Dadurch ändert sich in Annas Leben doch rein gar nichts. Werner liebt sie auch so von ganzem Herzen, zusammenleben tun wir auch alle schon – ich verstehe den ganzen Zirkus nicht!

Apropos Zirkus: O'Nelly wackelt mit ihren langen Ohren und meckert.

»Winston, old chap, was ist denn nun? Gehen wir auf die Suche oder stehen wir hier noch ein bisschen rum? Ich dachte, die Zeit drängt! Und wer soll uns denn nun dabei helfen?«

»Du hast recht. Wir müssen unbedingt loslegen. Und ich weiß auch schon, wer uns bei der Jagd nach dem Jäger unterstützen kann. Mir nach!«

Operation »Findet Odette!«

»Nur damit ich es richtig verstehe: Ihr lenkt die Aufmerksamkeit des Jägers auf euch und während er versucht, euch abzuknallen, behalten wir alle Himmelsrichtungen im Auge und schnappen ihn?«

So, wie Peterle das Wort *abknallen* ausspricht, gefällt mir mein eigener Plan schon nicht mehr ganz so gut.

»Äh, genau. Wichtig wäre nur, dass ihr Alarm schlagt, bevor der Typ abdrückt.«

Peterle streicht sich über den schwarzen Bart.

»Okay, aber wir sind nur drei Katzen. Es gibt aber vier Himmelsrichtungen. Nicht, dass uns der Kerl durch die Lappen geht. Könnte unangenehm für euch werden – mit so einer Ladung Schrot im Allerwertesten.« Er kichert. Ich find's nur mittellustig, aber leider hat er recht. Wir sind eine Katze zu wenig. Mist!

»Sir Toby!«, ruft Peterle auf einmal laut. »Ich hab's! Sir Toby!«

Wie meinen? Verständnislos starre ich Peterle an.

»Na, die vierte Katze«, erklärt er mir. »Wir können Sir

Toby fragen. Er ist manchmal etwas verschroben, aber eigentlich hilfsbereit. Ich werde ihn also fragen, ob er sich uns anschließen will.«

»Aber sagtest du nicht, ihr seid nur zu dritt?«

Peterle nickt.

»Sind wir eigentlich auch. Also Bonny, Uschi und ich. Sir Toby ist ein ziemlicher Einzelgänger. Aber besondere Zeiten erfordern eben besondere Maßnahmen. Komm mit, wir fragen ihn.«

Ohne auf eine Antwort zu warten, schnürt Peterle los, ich laufe hinterher. Wo mag sich auf diesem Bauernhof eine Katze mit einem so edlen Namen verbergen? *Sir Toby.* Das klingt nach einem Stammbaum so lang wie eine Rolle Toilettenpapier, nach Seriensiegen auf Ausstellungen und regelmäßigen Terminen beim Katzenfriseur. Sollte ich die Landbevölkerung so unterschätzt haben?

Nach hundert Metern bleiben wir stehen. Und zwar vor der Reithalle. Was wollen wir denn hier? Sir Toby residiert doch sicherlich im Gutshaus. Zusammen mit einem Kratzbaum aus Gold und einem brillantenbesetzten Katzenkörbchen.

»Toby, komm mal raus!«, ruft Peterle.

»Was gibt's denn?«, faucht eine Stimme zurück, die mir irgendwie bekannt vorkommt.

»Erklär ich dir, wenn du draußen bist.«

»Moment, komme gleich.«

Eine Minute später kommt eine Staubwolke aus der Halle auf uns zugerollt. Als sich der Staub legt, steht vor uns:

der Graue! Und zwar genauso zerstrubbelt und ungepflegt, wie ich ihn gestern kennengelernt habe. Mir klappt regelrecht die Kinnlade herunter.

»*Du* bist Sir Toby?«

»Ja. Schon immer gewesen«, brummt der Graue mich an. »Wieso?«

»Ja … äh, weil … weil ich irgendwie vermutet habe, dass … äh …« Heilige Ölsardine! Wie komme ich aus der Nummer wieder raus, ohne sehr unhöflich zu sein?

»Weil du vermutet hast, dass jemand, der Sir Toby heißt, hier mit einem goldenen Löffel im Maul herumstolzieren muss?« Der Graue kichert.

»So negativ hätte ich es nicht formuliert – aber ja, ich hatte mir jemanden mit diesem Namen etwas gepflegter vorgestellt. Aristokratischer … irgendwie …«

»Hä?«, maunzt Peterle. »Aristo… was?«

»Aristokratischer«, wiederholt der Graue. »Also adeliger, aus vornehmem Hause.«

»Aha.« Mehr fällt Peterle dazu nicht ein, und ich merke, wie mir ein bisschen warm im Pelz wird und ich mir auf einmal ganz schön hochnäsig und oberflächlich vorkomme.

»Es tut mir leid«, beeile ich mich, deswegen schnell zu versichern, »das war überhaupt nicht böse gemeint.«

Der Graue schüttelt sein staubiges Haupt.

»Mach dir keine Gedanken. Du hast schließlich recht. Ich BIN aus einem vornehmen Haus und bin da ganz bewusst abgehauen. Ich bin gewissermaßen ein Hippie.«

»Was bist du?«, muss ich nun nachfragen.

»Na, jemand, der sich aus Besitz, Geld und Ruhm gar nichts macht. Und aus Namen erst recht nichts. Namen sind nur Schall und Rauch. Was zählt, ist das Leben, das Hier und Jetzt und …«

»Genau, das Leben!«, hake ich beherzt ein, um dem Geschwafel ein Ende zu bereiten. »Leben ist ein gutes Stichwort, denn bei uns geht es gerade um Leben und Tod und wir brauchen wirklich dringend deine Hilfe!«

»Echt?« Der Graue reißt die Augen auf.

»Ja, echt. Es ist nämlich so …«

Ich brauche nicht lange, um Sir Toby zu erklären, was wir von ihm wollen. Er ist zwar staubig, aber ansonsten ein helles Köpfchen und versteht sofort, dass Odette in Lebensgefahr ist, vermutlich von dem Katzenjäger entführt wurde und so oder so unsere Hilfe braucht. Und dass wir noch eine vierte Katze brauchen, die die Umgebung beobachtet, während O'Nelly, Pat und Patachon, Floyd und ich möglichst auffällig um den Gutshof herumtoben.

»Puh«, maunzt er, als ich fertig bin, »da habt ihr euch aber eine Menge vorgenommen! Aber klar – ich helfe euch. Ich kenn mich in der Gegend schließlich richtig gut aus und der Katzenjäger ist mir schon lange ein Dorn im Auge!«

Als ich mit Peterle, Uschi, Bonny und Sir Toby bei den Zirkustieren aufkreuze, meckert O'Nelly schon sehr ungeduldig.

»Na endlich! Ich dachte schon, du kommst gar nicht wieder und wir müssten deine Odette allein finden! Die Menschen sind auch alle abgehauen – müssen sich *hübsch machen* für die Hochzeit. Selbst Balotelli hat seine Ausgehuniform mitgebracht und zieht sich gerade um. Na, sei's drum – dann kommen uns die Menschen wenigstens nicht in die Quere. Also, let's get started, auf geht's!«

Pat und Patachon laufen vor, sie wissen schließlich am besten, wo der Jäger sie erwischt hat. Floyd bemüht sich, unsere ganze Gruppe immer wieder zu umrunden und dabei auf und ab zu springen, ich hüpfe abwechselnd auf O'Nellys Rücken oder tauche unter ihrem Bauch hindurch. Die Papageien flattern mal über, mal neben uns, kurz: Ich würde sagen, wir sind ziemlich auffällig. Peterle und Co. folgen uns hingegen unauffällig, sie halten einen größeren Abstand und verstecken sich immer wieder hinter den Grasbüscheln, die am Wegesrand wuchern.

Eine ganze Weile passiert überhaupt nichts, und ich frage mich, wie oft ich wohl noch mit eingezogenen Krallen auf die irische Ziege springen muss. Langsam mache ich nämlich schlapp. Kein Wunder, die vorangegangene Nacht steckt mir immer noch ganz schön in den Knochen. Gerade will ich meinen Freunden vorschlagen, ein kleines Päuschen einzulegen – da höre ich noch, wie Peterle *Achtung!* ruft, als es auch schon laut kracht und etwas genau an meinem Ohr vorbeisurrt. Vor Schreck falle ich von O'Nellys Rücken. Heilige Ölsardine! Man hat auf mich geschossen!

Die anderen Tiere flitzen auseinander, und auch ich sehe zu, dass ich schnell wieder auf die Beine komme und hinter einem Baum verschwinde.

»Peterle, hast du ihn gesehen?«, rufe ich in die Richtung, in der ich meinen Kollegen vermute.

»Ja«, maunzt er zurück. »Ich weiß jetzt, wo wir suchen müssen. Kommt schnell!«

Ich renne los, O'Nelly und die Hunde folgen mir. Bald sind wir bei Peterle und auch die anderen Katzen sind zu ihm gelaufen.

»Dort drüben!« Er deutet mit seiner Tatze auf ein kleines, unscheinbares Haus, das etwas zurückgesetzt auf der anderen Straßenseite steht. »In diesem Haus ist der Kerl verschwunden. Er hatte tatsächlich ein Gewehr dabei und kam eben aus dem kleinen Wäldchen. Dann hat er euch gesehen und gleich gezielt. Ist euch etwas passiert?«

Ich schüttele den Kopf.

»Nein, Gott sei Dank hast du uns rechtzeitig gewarnt! Aber wir sollten uns dieses Haus einmal genauer ansehen. Wahrscheinlich wird Odette dort gefangen gehalten!«

O'Nelly meckert zustimmend.

»Deal! Genau so machen wir es! Du wirst sehen, bald schon liegt deine Odette wieder zu Hause in ihrem Körbchen! Und diesem miesen Verbrecher legen wir das Handwerk!«

»Aber wie wollen wir ins Haus kommen, ohne dass der Jäger das bemerkt?«, fragt Katzendame Uschi und klingt dabei sehr ängstlich. »Immerhin scheint er auf Katzen gar nicht gut zu sprechen zu sein. Wer weiß, was er macht, wenn er uns in seiner Bude entdeckt. Jemand, der auf Katzen schießt, ist womöglich noch zu ganz anderen Sachen fähig!«

Ihr Kollege Bonny reißt die Augen auf und miaut unsicher. Nur Sir Toby hebt entschlossen das Kinn und macht einen Schritt in Richtung Haus.

»Nun macht euch mal nicht ins Hemd. Ich schlage Folgendes vor: Die olle Ziege hier bollert mit ihren Hörnern mal richtig gegen die Haustür und lockt den Typen raus. Dann führt die Zirkustruppe vor der Haustür eine richtige Show auf und lenkt ihn so ab. In der Zeit huschen wir rein und durchsuchen möglichst schnell alle Räume. Ich meine, wir sind fünf Katzen, das kann ja nicht besonders lang dauern.«

»Ein Superplan!«, pflichte ich ihm bei. »Und wenn wir Odette finden, befreien wir sie sofort und hauen mit ihr ab.«

»Grandios! Das machen wir! Und zwar gleich!«, ruft O'Nelly und rennt über die Straße zum Haus. Sir Toby und ich folgen ihr, die anderen Tiere zögern kurz, aber dann laufen auch sie hinter uns her.

»So, hockt euch links und rechts neben die Haustür, ihr Katzen! Ich starte meine Show!«

O'Nelly senkt ihren Kopf, nimmt Anlauf – und bollert mit voller Kraft gegen die Haustür. Das wiederholt sie einmal, dann ein zweites Mal und dann passiert es tatsächlich: Die Tür öffnet sich und ein ungepflegt aussehender Mann mit zotteligem Bart, langen, verfilzten Haaren und einer kurzen Hose kommt herausgestürmt.

»Was ist denn hier los?«, brüllt er. »Seid ihr Tiere völlig verrückt geworden?«

Wie zur Bestätigung stellt sich O'Nelly nun auf ihre Hinterbeine und liefert ein kleines Tänzchen. Der Affe Floyd schlägt einen Salto nach dem anderen und Pat und Patachon bellen um die Wette. Es sieht einfach irre aus!

»Los, rein!«, faucht mir Sir Toby zu. »Wir haben keine Zeit zu verlieren.«

Recht hat er! Ich lasse also Zirkus Zirkus sein und husche mit den anderen Katzen ins Haus, wo wir uns schnell auf Erdgeschoss und ersten Stock verteilen. Ich laufe die Treppe hoch, schaue in das erste Zimmer, an dem ich vorbeikomme. Fehlanzeige! Hier stehen nur ein Bett und ein Nachttisch, keine Spur von Odette. Es riecht auch überhaupt nicht nach ihr.

Genauso im zweiten Raum. Keine Odette, nur ein Schreibtisch und ein alter, muffelnder Teppich. Verflixter Heringssalat, irgendwo muss Odette doch sein! Aber auch im letzten Zimmer keine Spur von ihr. Ich hechte die Treppe wieder hinunter.

»Und?«, will ich von den anderen wissen.

»Nein, leider nichts«, maunzt Sir Toby.

»Bei uns auch nichts«, ergänzt Uschi bedauernd, »und wir waren sogar im Keller.« Bonny nickt traurig.

»Okay, dann schnell wieder raus, bevor uns der Typ erwischt!«, befiehlt Sir Toby und schleicht aus der Haustür.

Wir andern folgen ihm und drücken uns draußen möglichst unauffällig an der Hauswand entlang.

Der Katzenjäger ist immer noch umringt von O'Nellys Zirkustruppe und merkt nicht, dass da gerade fünf Katzen aus seinem Haus gelaufen kommen. Wir haben also genug Zeit, uns wieder auf die andere Straßenseite zu retten. Als mit Uschi die letzte von uns drüben angekommen ist, stellt O'Nelly sich noch einmal auf die Hinterbeine und meckert laut.

»Let's go, Leute! Lasst uns wieder abhauen!«, ruft sie, dann rennt auch sie wieder zurück über die Straße. Pat, Patachon, Floyd und die Papageien folgen ihr. Zurück bleibt ein völlig verwirrter Jäger, der die Faust ballt und brüllt:

»Verfluchte Viecher! Was sollte das? Wartet bloß, wenn ich euch erwische, dann mache ich kurzen Prozess! Und euch finde ich, da verlasst euch mal drauf!«

Wieder heil auf dem Gutshof angekommen, bin ich erleichtert. Uff, das war wirklich ganz schön aufregend! Aber meine Erleichterung hält nur sehr kurz an. Denn kaum habe ich einmal tief Luft geholt, wird es mir wieder schmerzlich klar: Wir haben Odette immer noch nicht gefunden! Meine Liebste und meine Babys sind nach wie vor spurlos verschwunden – es ist zum Schnurrhaareausreißen!

Ponys sind doof. Oder etwa nicht?

O'Nelly starrt mich mit mitleidiger Miene an. »That isn't much good. Sorry, old man, der Plan hat zwar erstklassig hingehauen, aber das Ergebnis lässt leider zu wünschen übrig …«

Floyd und die Papageien sehen ebenso geknickt aus. Und sogar Pat und Patachon ist nicht nach irgendwelchen Kunststücken zumute.

Die Dorfkatzen hingegen geben sich Mühe, gelassen zu bleiben.

Sir Toby nickt mir aufmunternd zu. »Winston, nun lass den Kopf nicht hängen. Wir finden deine Lady schon. Zunächst ist es auf jeden Fall ein gutes Zeichen, dass sie nicht in seinem Haus in irgendeinem Käfig gesteckt hat.«

Die Katzendame Bonny nickt. »Genau. Dein Herzblatt war nicht in seinem Haus und deshalb hat er sie auch nicht gefangen. Sieh es positiv, Winston!«

Doch leider kann ich ihre Zuversicht nicht teilen. Ich bin so in Sorge um Odette und unsere Ungeborenen, dass ich das viel beschriebene Licht am Ende des Tunnels nicht erkennen kann. Da ist nur ein dunkles Grau, das zunehmend in ein tiefes und aussichtsloses Schwarz übergeht.

»Ich schau noch mal in Kiras Zimmer nach«, murmele ich kraftlos. »Vielleicht ist sie inzwischen zurückgekommen …« Natürlich glaube ich nicht eine Sekunde daran. Doch gerade bin ich so … so … heilige Ölsardine, am liebsten würde ich heulen wie ein dummer Schoßhund.

In Kiras Zimmer ist natürlich nicht der Hauch eines Härchens von meiner Odette. Ich suche trotzdem noch einmal das ganze Gutshaus nach ihr ab, bevor ich aus dem Hintereingang wieder ins Freie schlüpfe. Vorne stehen die anderen noch alle herum, aber ich kann gerade ihre aufbauenden Worte und mitleidigen Blicke nicht ertragen.

Es ist nicht oft in meinem Leben vorgekommen, dass ich vor Sorge am liebsten den Kopf in den viel beschriebenen Sand gesteckt hätte. Vielleicht ist das so, wenn man sich nicht nur um seine Freundin, sondern auch um seine Kinder sorgt. Siebenfache Sorge macht anscheinend schwach.

Auf jeden Fall unaufmerksam, denn mir ist kein bisschen klar gewesen, in welche Richtung ich mich gewandt habe. Erst, als es plötzlich extrem feucht neben mir schnaubt, kapiere ich, dass ich in den Auslauf dieses Bulli-Zottels getapert bin.

»Ihhhh«, motze ich und starre ihn vorwurfsvoll an. »Warum spuckst du mich an?«

Das Pony tut unschuldig. »Hab ich doch gar nicht.«

Nein! Niemals! Bestimmt nicht! Dann habe ich mir wohl eingebildet, dass ich voll mit Ponyschniefe bedeckt bin.

Ich schüttele verächtlich den Kopf und will mich augenblicklich wieder davonmachen, da wiehert Bulli: »Warte mal, Winston. So ist doch dein Name, stimmt's?«

Ich habe wirklich und absolut keine Lust, mich mit diesem Bulli zu unterhalten. Immerhin ist er an allem schuld. Denn wenn er nicht Kiras ungeteilte Aufmerksamkeit beansprucht hätte, dann hätte sie Odette nicht aus den Augen gelassen, und ich würde nicht krank vor Sorge aus Versehen in seinen Auslauf tapern, um mich von ihm vollschniefen zu lassen.

»Natürlich«, maunze ich abweisend und gehe. Doch weit komme ich nicht. Bulli überholt mich und versperrt mir den Weg. Ist der von einer wilden Bremse gestochen worden oder was soll das?

»Ich habe vorhin mitbekommen, dass deine Freundin verschwunden ist«, wiehert er nun doch tatsächlich.

Okay, das ist wahrhaftig kein Kunststück, denn schließlich gibt es kaum ein Tier hier auf dem Hof – ob einheimisch oder zu Besuch, das davon nichts mitgekriegt hat.

»Und natürlich haben Wally und ich uns auch gleich mal ein wenig nach deiner Freundin umgeschaut. Du musst nämlich wissen, dass wir Tiere hier auf dem Land zusammenhalten.«

Schön für euch, schießt es mir bitter durch den Kopf. Und was habe ich davon? Will er mich jetzt etwa trösten? Das kann er sich schenken, denn wenn er Kira nicht …

»Und dabei habe ich eine Beobachtung gemacht, die dir vielleicht bei der Suche nach deiner Freundin weiterhilft.«

Ich gehe nicht ernsthaft davon aus, dass ausgerechnet dieser Bulli mir einen guten und wichtigen Hinweis geben kann. Doch inzwischen bin ich so verzweifelt, dass ich hoffnungsvoll maunze: »Was hast du gesehen?«

Bulli rümpft die weiße Nase. »Gesehen habe ich nichts.«

Wusste ich es doch. Der will sich nur wichtig machen und hat in Wirklichkeit null Plan von nichts. Blödes Pony! Superblödes und extrem nerviges Pony!!!

»Aber ich habe gehört, wie sich die Stallmäuse unterhalten haben.«

Stallmäuse? Unterhalten? Ich kombiniere: Odette hat Jagd auf eine von ihnen gemacht, weil sie Hunger hatte. Dabei ist sie womöglich in irgendein verstecktes Loch geplumpst, und darüber haben die Mäuse sich unterhalten, weil sie natürlich heilfroh sind, dass die beste Jägerin aller Zeiten momentan außer Gefecht gesetzt ist. Ist das möglich???

»Wo – wann – über was?«, frage ich Bulli. »Sie ist bestimmt in ein Loch geplumpst! Weißt du wo genau? Jetzt rede doch und lass dir nicht jedes Wort aus der Nase ziehen!« Jetzt motze ich Bulli an. Wobei das bei Ponys gar nicht Nase, sondern Nüstern heißt, fällt mir gerade ein.

»Würde ich ja gerne, wenn du mich reden lassen würdest. Und außerdem bist du scheinbar ziemlich durch den Wind, denn ich kann mich nicht erinnern, auch nur im Ansatz irgendetwas von einem Loch gesagt zu haben.«

Schon gut, schon klar. Meine Fantasie ist möglicherweise etwas mit mir durchgegangen. Aber ist das ein Wunder, wenn man krank vor Kummer und Sorge ist? Nein! Bestimmt nicht!

»Was hast du gehört?«, frage ich kleinlaut.

»Es war ein Gespräch unter zwei dicken Mäusen drüben bei der Haferquetschanlage. Die hausen da schon seit einer halben Ewigkeit, und nun ja, eigentlich ist das dort tatsächlich das Gebiet der Mäuse. Ist so ein ungeschriebenes Gesetz hier auf dem Hof. Selbst die Hofkatzen respektieren es. Leben und leben lassen. Zumindest in den jeweiligen Gebieten. Was außerhalb davon passiert, das ist natürlich eine Frage von fressen und gefressen werden. Verstehst du?«

Nein, ich verstehe nur noch leere Katzenfutterdose. Was will mir dieser zottelige Schwarze eigentlich die ganze Zeit verklickern? Dass hier auf dem Land andere Gesetze herrschen? Dass Katzen Mäuse nur dann jagen dürfen, wenn sie dabei nicht in das Territorium der Mäuse vordringen? Was ist das denn für ein Blödsinn?

»Auf jeden Fall hat die eine Maus der anderen gegenüber geäußert, dass sie einen grandiosen und noch nie vorgekommenen Fang gemacht hätten. Es war die Rede von einer dicken Weißen.«

WAS??? Will das durchgeknallte Bulli-Zottel-Pony mir gerade ernsthaft weismachen, dass meine Odette von Mäusen – von MÄUSEN!!! – gefangen wurde? Dass die beste Jägerin der Großstadt von ein paar Dorfmäusen gefangen gehalten wird? Blödsinn! Ponygroßer Riesenblödsinn! Wie sollen die das denn bitte schön angestellt haben? Kleine Mäuse nehmen eine edle und bildschöne Katzendame gefangen? Unmöglich! Quatsch mit Makrele! Absolut unglaubwürdig.

»Bulli, ich möchte dir nicht zu nahe treten, aber hast du vielleicht zu viel Heu geschnuppert?«, frage ich das schwarze Felltier.

Er starrt mich mit großen braunen Augen an. »Heu schnuppert man nicht, sondern frisst es. Zumindest handhaben wir das hier auf dem Land so. Wie das in der Großstadt vor sich geht, das weiß ich nicht und will es ehrlicherweise auch gar nicht erfahren. Aber eins ist sicher, ich bin nicht taub, noch bilde ich mir Dinge ein, die es nicht gibt. Ich habe die beiden Mäuse klar und deutlich gehört und dabei ging es sehr aufgeregt um eine ziemlich dicke und sehr weiße Gefangene.«

»Aha! Von einer dicken Weißen ist die Rede. Dann scheidet Odette aus. Meine Freundin hat eine tolle Figur und achtet stets peinlichst auf ihre schlanke Linie.«

»Blödsinn, Winston, sie ist sogar sehr, sehr, sehr dick. Jedenfalls zurzeit. Man munkelt, sie sei in anderen Umständen.«

»Aber wie sollen die Mäuse das angestellt haben?«, frage ich kleinlaut.

Bulli schnaubt. »Na ja, die sind hier eben mit allen Wassern gewaschen. Aber wie genau sie das angestellt haben, das habe ich nicht mehr mitbekommen. Und leider auch nicht, wo sie ihre Gefangene versteckt halten ... und leider auch nicht, was sie mit ihr vorhaben. Gerade als ich nämlich die Ohren noch weiter aufsperren wollte, da kam so ein sonderbarer Affe angetrabt und hat wilde Purzelbäume geschlagen. Die Mäuse haben sofort ihr Gespräch eingestellt und sind weggehuscht.«

Floyd! Mist! Der hat eindeutig das Talent, zum falschen Zeitpunkt am falschen Ort aufzukreuzen!

Mein Herz hämmert wie verrückt, während mein Hirn noch heftiger arbeitet. Kann es tatsächlich stimmen, dass meine Odette von MÄUSEN gefangen genommen wurde? MÄUSE???

Zu jedem anderen Zeitpunkt hätte ich laut und überzeugend NEIN! miaut. Doch hier draußen auf dem Land, schon möglich, dass die Mäuse hier wesentlich größer und stärker sind. Und vielleicht hat Odette es mit ganz vielen von ihnen zu tun bekommen oder sie haben sie hinterhältig in eine Falle gelockt? Doch die dringendste aller Fragen, die ich mir gerade stelle, ist: WAS HABEN SIE MIT IHR VOR?

»Kannst du mir den Weg zu dem Hafersilo sagen?«, bitte ich Bulli.

Der nickt. »Klaro, ich bringe dich hin.«

Das Gatter um seinen Auslauf herum ist fest verschlossen. Deshalb liegt mir die Frage schon auf der Zungenspitze, wie er das denn wohl anstellen will, da schiebt er geschickt und ganz so, als würde er das ständig machen, den Riegel mit dem Maul hoch und stößt mit dem Vorderhuf das Gatter auf.

»Folge mir!«, sagt er und trabt los.

Einen Moment bin ich starr vor Erstaunen, dann trabe

ich hinter Bulli her. Das Silo liegt etwas außerhalb des Hofes, ganz weit hinten und direkt an der Grundstücksgrenze zu dem Hof, auf dem diese Lina wohnt. Wahrscheinlich kennt sich Bulli deshalb hier hinten so gut aus.

»Okay, dann wünsche ich dir jetzt viel Glück«, sagt er schließlich, als wir vor dem Silo stehen. »Wenn ich noch was für dich tun kann, dann sag einfach Bescheid. Ich trabe jetzt lieber zurück. Wenn Lina merkt, dass ich alleine unterwegs bin, dann macht sie sich gleich wieder Sorgen.« Er nickt mir noch einmal freundlich zu und trabt davon.

Ich stehe vor dem Silo und zermartere mir das Hirn darüber, was ich als Nächstes tun soll. Einfach reinstürmen und nach Odette suchen? Allerdings: Ich weiß nicht, was für eine Mäuseschar mich dort drinnen erwartet, und wenn es richtig doof läuft, dann tapse ich womöglich der hinterhältigen Mäusegang auch noch in die Falle. Ich habe bestimmt keine Angst vor Mäusen. Niemals! Aber ich darf jetzt auch nicht unüberlegt und voreilig handeln. Wenn es denen nämlich tatsächlich gelungen sein sollte, Odette zu fangen, dann muss es sich um Mäuse von ganz besonderer Intelligenz und Stärke handeln. Anders ist die Sache einfach nicht erklärbar – es sei denn, Bulli hat sich verhört.

Nein, ich darf die Hoffnung nicht aufgeben! Noch einmal strecke ich mich, um die Anspannung aus den Gliedern zu kriegen, dann schleiche ich mich auf leisen Pfoten in das Silo.

Es huscht und raschelt, es flitzt und piepst. Klug und sinnvoll wäre es, wenn ich mir flugs eine der weghuschenden Mäuse schnappen würde, nachdem ich nun festgestellt habe, dass sie im umgekehrten Fall genau das nicht tun werden. Sie verdrücken sich, ergreifen die Flucht – eben ganz genau so, wie man das von vernünftigen Mäusen erwartet. Die Katze taucht auf der Bildfläche auf, die Mäuse fliehen!

Winston Churchill, du musst es tun! Jetzt! Nun mach schon. Winston, sei ein Kater, sei ein guter Kater. Tu es! Fang jetzt endlich eine Maus! Trau dich! LOS!

Ich springe nach vorne. Ich kann die Mäuse um mich herum riechen.

»Odette?«, maunze ich lauthals. »Odette, Liebste, bist du hier irgendwo?«

Stille. Jetzt raschelt es noch nicht einmal mehr.

»Odetteeeeee???«

Nichts zu hören. Gar nichts.

In Windeseile durchsuche ich das Silo. Ich schaue in jede Ecke, hinter jeden Sack, hüpfe sogar auf die Quetschmaschine und starre in den großen Behälter, in den der gequetschte Hafer rieselt.

Keine Spur von Odette. Es ist zum Makrelenfressen, wieder eine falsche Spur!

Enttäuscht verlasse ich das Silo. *Das Revier der Landmäuse*, schießt es mir durch den Kopf. Das klingt doch total verrückt. Wahrscheinlich hat dieser Bulli mich veräppelt. Genau, der hat sich mit mir einen Spaß erlaubt und steht jetzt mit seinem Wally-Schimmel-Kumpel in der Box und wiehert sich scheckig, dass ich Großstadtdösel tatsächlich darauf reingefallen bin.

Oh no, wie bescheuert.

Ich werde jetzt in den Stall von diesen blöden Zottel-Huftieren traben und die ordentlich meine Krallen spüren lassen.

Was für eine Frechheit, sich über Odettes Verschwinden auch noch lustig zu machen. Aber okay, was kann man von PONYS auch schon anderes erwarten. Die spinnen doch alle miteinander. Das wusste ich vorher und weiß es jetzt noch viel besser.

Fuchsteufelswild sprinte ich auf den Hof zurück und steuere direkt auf Bullis Stall zu.

Gerade will ich übers Gatter hüpfen, da höre ich eine Reibeisenstimme sagen: »Winston, so gehetzt, so außer Atem. Hast du eine Spur?«

Ich steige in die Bremse und wende mich zu Sir Toby um. »Das schwarze Zotteltier hat mich veräppelt, und jetzt werde ich dem mal ordentlich meine Krallen sagen … ähm zeigen«, fauche ich empört.

»Bulli?

Ich nicke.

»Das glaube ich nicht«, erwidert Sir Toby allen Ernstes. »Bulli ist einer von den Guten hier. Ein wahrer Kumpel und Katzenfreund. Ein kluges Köpfchen und ein Freigeist. Lässt sich nicht verbiegen und macht sein Ding. Okay, okay, er hat es nicht immer leicht, weil er sich seine Hütte mit dem alten Wally teilen muss, und der ist seinerseits nicht gerade eine Leuchte, wenn du verstehst, was ich meine. Aber für Bulli lege ich mein Pfötchen ins Feuer.«

Ich lache verächtlich auf. »Soso. Und was würdest du sagen, wenn ich dir erzähle, dass er behauptet hat, die Mäuse hätten Odette gefangen genommen? Und auch noch, dass es hier bei euch so eine Art ungeschriebenes Gesetz gäbe, nach dem das Silo die Mäusehochburg und für alle anderen Tiere tabu sei? Das klingt doch wohl eindeutig nach einer echt schrägen Story und ganz, ganz großem Blödsinn, oder?«

Ich gehe fest davon aus, dass Sir Toby sich gleich kaputtlacht. Und zwar über mich, weil ich tatsächlich auf so einen Unsinn hereingefallen bin. Weil ich einen winzigen Moment geglaubt habe, Bulli hätte tatsächlich eine heiße Spur ausgemacht. Doch das Gegenteil ist der Fall. Sir Toby verzieht das Gesicht, als hätte er in eine eklig saure Zitrone gebissen.

»Auweia, Herr Meier, dann ist es also wahr.«

»Was?

»Dass die Mäuse Ernst machen.«

»Die Mäuse machen was?«

»Ernst. Noch nie was von der Rache der Mäuse gehört? Dem Aufstand der Kleinen gegen die Großen? Dem Vergeltungsschlag? Der Schlacht um die Vorherrschaft?«

Ich kann Sir Toby nur anstarren und denken, dass er eindeutig zu viel Hallenstaub eingeatmet hat. Der hat 'nen Knall, der noch größer ist als der Kopf von diesem Wally-Schimmel.

»Ich muss jetzt mal zurück zu Kira. Vielleicht hat die ja inzwischen eine Spur …«, erkläre ich und will mich davonmachen. Die spinnen doch hier alle miteinander, dass es wehtut. Dabei hatte ich vorhin noch gedacht, also bei der Hausdurchsuchung bei diesem bärtigen Jäger, dass Sir Toby und die anderen Dorfkatzen ganz okay wären. Aber wenn mir jemand so einen Blödsinn erzählt, dann kann ich den einfach nicht ernst nehmen.

»Das klingt bestimmt alles ziemlich verrückt für dich, Winston Churchill. Als ich vor vielen Jahren der Großstadt den Rücken gekehrt habe, da kam mir hier draußen auf dem Land auch zunächst alles sehr seltsam vor. Aber so, wie die Großstadt ihre eigenen Gesetze hat, so ist das auch auf dem Land. Hier gelten andere Regeln. Und eine davon ist scheinbar nun gebrochen worden. Absicht oder nicht, das kann ich nicht sagen.«

Sir Toby ist ursprünglich ein Großstadtkater gewesen? Soso, das erklärt natürlich seinen edlen Namen und vielleicht sogar seine edle Abstammung und Herkunft.

Hätte ich nicht gerade ganz, ganz andere Sorgen, dann würde ich jetzt genauer wissen wollen, wie es zu dem Ortswechsel gekommen ist. Doch ich habe Sorgen, und zwar riesengroße.

»Du glaubst Bulli also«, kombiniere ich. »Angenommen, es ist tatsächlich so, was schlägst du vor, sollte ich tun?«

Sir Toby schleckt sich einen Moment lang nachdenklich das rechte Vorderpfötchen, bevor er aufschaut und das Unmögliche von mir verlangt: »Winston, ich sehe da nur eine Möglichkeit. Du musst eine der Mäuse fangen und sie verhören!«

Ich? Eine Maus fangen? Ich???

Okay, Sir Toby ahnt nichts davon, dass ich zwar ein mutiger, edler und weltgewandter Kater bin, jedoch absolut gar nichts mit dem Mäusefangen am Hut habe. Woher auch? Klingt ja recht ungewöhnlich für so einen stattlichen Kater, wie ich einer bin. Zumal ich es gar nicht nötig habe, da Odette die beste Jägerin überhaupt ist.

»Was ist nun, Winston Churchill, wann legst du dich auf die Lauer? Und denk daran, das Silo ist tabu. Sonst rappelt es hier bald richtig im Karton.«

Ich schlucke. Und ich schlucke noch einmal. Ich schlucke noch mehr und krächze schließlich: »Bald. Also sehr bald werde ich …«

Vorher muss ich allerdings erst einmal das Mäusefangen üben.

»Warum bald und nicht jetzt?«, hakt Sir Toby leider nach.

Okay, jetzt muss ich wohl Farbe bekennen. Nützt ja nichts. Es geht um Odette und wenn ihr Leben und das unserer Kinder davon abhängt, dass ich endlich das Mäusefangen lernen muss, dann werde ich es tun. Jawohl! Ich, Winston Churchill, fange eine Maus und werde sie so in die Mangel nehmen, bis sie mir verrät, wo meine Odette ist! So mache ich es. Hundertprozentig. Auf jeden Fall!

»Es gibt da nur so einen klitzekleinen Haken«, nuschele ich in Sir Tobys Richtung. »Ich … ich – ähm … na ja, ich kann das nicht.«

»Was?«

»Mäuse fangen.«

Sir Toby hebt den Blick und schlägt sich die Pfote vor die Stirn. »Nicht dein Ernst!«

»Mein voller.«

Ich bin froh, dass mein Fell so dicht und prächtig ist und man nicht unbedingt sofort erahnt, dass ich darunter schamrot bin. »Vielleicht könntest du es mir ja zeigen … beibringen …?«

Lizenz zum Mäusejagen

Ich kann es nicht. Ich kann es einfach nicht. Nennt mich einen Versager, ein Weichei oder was auch immer – aber ich kann im entscheidenden Moment einfach nicht zuschlagen und einer kleinen, zarten Maus meine Pranke ins Genick hauen. Und einer großen, dicken Maus auch nicht. Ich kann überhaupt keiner anderen Kreatur so richtig wehtun, ich kriege es einfach nicht hin. Okay, diesem Bulli-Pony habe ich vorhin eine verpasst, aber das war auch schon das Äußerste, zu dem ich fähig bin, und auch nur, weil ich wegen Kira und so … Na ja, egal, auf jeden Fall beobachten Sir Toby und Peterle mich mit einer Mischung aus Belustigung und Entsetzen.

»Mann, Mann, Mann!«, maunzt Peterle. »Was stellst du dich denn so bescheuert an? Wir haben es dir doch genau erklärt, das kann doch nicht so schwer sein!«

Toby schüttelt den Kopf.

»Ich glaube, es ist aussichtslos. Der lernt das nicht mehr. Wir haben ihm jetzt fünf echte Steilvorlagen geliefert und ihm die Mäuse direkt vor die Nase getrieben – vergebens!

Ich hau ab, schließlich hab ich noch was anderes zu tun, als dem hier Nachhilfe zu geben.«

Er wendet sich zum Gehen und huscht aus der Scheune, in der wir seit einer gefühlten Ewigkeit das Mäusefangen geübt haben. Auch Peterle wirft mir einen letzten enttäuschten Blick zu und macht sich dann wieder auf den Weg Richtung Reithalle.

»Alles für die Katz«, murmelt er noch, dann ist er weg.

Alles für die Katz. Haha, sehr komisch!

Eine Weile sitze ich allein da, horche auf das Rascheln im Stroh, beobachte winzige Bewegungen und Schattenspiele zwischen den Holzdielen der alten Ställe. Ganz so, wie es mir meine beiden Trainer in Sachen Mäusejagd erklärt haben. Ob es eine Möglichkeit gibt, so eine kleine Maus zu fangen, ohne gleich rabiat zu werden? Ich will sie ja gar nicht fressen, sondern nur wissen, wo Odette steckt! Und warum die Mäuse sie gefangen genommen haben. Das ist doch total absurd. Katzen fangen Mäuse und Mäuse keine Katzen.

Okay, ich bin eine Katze, sogar ein sehr schicker und stolzer Kater und dennoch nicht in der Lage, eine Maus zu fangen. Doch besondere Umstände verlangen besondere Maßnahmen und Aktionen und auch, dass man sich überwindet und das Unmögliche wahr macht. Ich werde jetzt also eine Maus fangen, und zwar quietschlebendig und nicht halb tot, weil ich ja schließlich von ihr erfahren muss, wo Odette gefangen gehalten wird. Ich mache das, und zwar … jetzt.

Aber wie stelle ich das am besten an?

Okay, zuerst lege ich mich auf die Lauer. Ich verhalte mich ganz ruhig, werde sozusagen zur Salzsäule. Atmen ist nur noch ganz schwach angesagt und bloß keine falsche Bewegung machen.

Ich stehe angespannt bis zum Gehtnichtmehr direkt im hintersten Winkel der großen Heu- und Strohscheune und rühre mich nicht von der Stelle. Und wenn ich jetzt eine Maus sehe, dann springe ich blitzschnell hervor und schnappe sie mir.

Und wenn ich sie dabei halb totschlage? Oh no, ich schaffe es nicht. Ich krieg das einfach nicht gebacken.

Winston, denk bitte an Odette. Denk an deine Katzenbabys. Sollen sie tatsächlich in Gefangenschaft das Licht der Welt erblicken, nur weil ihr Vater, der angeblich so stolze und mutige Winston Churchill, zu feige war, eine Maus zu fangen?

Nein! Niemals!

Ich … sehe eine Maus. Sie trippelt völlig entspannt an mir vorbei. Total lässig und ahnungslos. Mit einem mammutgroßen Vertrauen, dass ihr nichts passieren kann, weil weit und breit kein Feind in Sicht ist.

Warum konnten Sir Toby und Peterle das mit dem Mäusefangen eigentlich nicht für mich übernehmen? Okay, okay, ich habe schon verstanden, dass sie mir zwar behilflich sein wollen, aber auch der Meinung sind, dass ein Kater für seine Freundin die Dinge bitte schön selbst regeln sollte.

»Wie«, hat Peterle zu mir gesagt, »willst du denn sonst vor deiner Liebsten dastehen, Winston?«

Er hat recht. Beide haben recht. Ich muss es jetzt tun. Ich muss endlich mein Trauma ablegen und …

Saaauuusss – bin ich hinter dem Balken hervorgeflogen und stürze mich auf die kleine und völlig arglose Maus. Meine Krallen fahren aus. Sie machen das von ganz alleine. Aber das ist nicht gut. Kein bisschen! Ich meine, HALLO!!!, mit ausgefahrenen Krallen tue ich der armen kleinen Maus bestimmt weh.

Winston Churchill, jetzt reiß dich endlich zusammen. So arm und klein können die Mäuse hier schließlich nicht sein, wenn sie deine hochschwangere Liebste gefangen genommen haben und irgendwo festhalten. Gegen ihren Willen und zu deinem großen Kummer.

RUMMS! macht es, als ich mit vollem Körpereinsatz direkt auf der Maus lande. Ich höre sie panisch piepsen und fühle mich elend. Ich mag das nicht. Nein, ich mag das überhaupt nicht. Ich bin nicht so ein roher Typ. Bin ein Feingeist, der nicht auf blutige Mäuse in seinen zarten Pfötchen steht.

»Entschuldigung!«, rufe ich. »Ich will dich nicht fressen. Du musst also keine Angst haben.«

Ich fühle das Herz der kleinen Maus unter mir wie verrückt schlagen. Unfassbar, dass eine so winzige Maus so ein lautes Herz haben kann.

»Alles gut bei dir?«, frage ich – BLÖDSINN! Wie denn bitte schön, wenn ein schätzungsweise 22-mal größeres Tier mit seinem vollen Gewicht auf dir draufliegt. Ganz ehrlich, da kann bestimmt keiner fröhlich erwidern: »Logo, alles ganz easy und total entspannt.«

Ich rolle mich leicht ein, mache dabei einen halbhohen Katzenbuckel und wandere mit meinem Maul zu der Maus, die mich aus murmelgroßen Augen ängstlich anguckt.

Sehr sacht beiße ich in ihr Nackenfell und trage sie etwas zur Seite. Sie ist völlig unbeweglich in meinem Maul, hängt wie ein nasser Sack da und gibt keinen Mucks mehr von sich.

Auweia, hab ich sie aus Versehen getö – der Gedanke ist so schrecklich für mich, dass ich ihn nicht zu Ende denken kann. Geht nicht. Es ist mir geradezu unmöglich.

Ich eile aus der Scheue, renne quer über den Hof ins Gutshaus, sprinte an einigen Hochzeitsgästen vorbei, die mich angeekelt anstarren – logisch, Kater mit halb toter Maus im Maul sieht alles andere als festlich oder gar lecker aus –, und erreiche atemlos Kiras Zimmer.

Es ist leer, was mir ganz recht ist. Ich möchte unbedingt vermeiden, dass Kira auf die Idee kommt, ich sei unter die Mäusejäger und vor allem -fresser gegangen. Nein, das würde ein völlig falsches Licht auf mich werfen. Auch wenn Kira und ich seit unserer Ankunft auf dem Hof der Familie Schulze-Naumann kaum Zeit miteinander verbracht haben, was ja sehr unüblich für uns ist und nur daran liegt, dass Kira ständig im Pferdestall herumhängt. Auf jeden Fall ist sie nach wie vor meine beste Menschenfreundin und wenn ich ehrlich bin, dann soll es so auch bleiben.

Mich mit einer halb toten Maus im Maul zu sehen, das würde sie bestimmt schocken.

Ich lasse die Maus in Odettes verwaistes Kuschellager plumpsen und starre sie an.

Verletzungen kann ich nicht erkennen. Auf jeden Fall keine äußerlichen. Kein Blut, keine Stelle, an der das Fell fehlt, nicht der kleinste Kratzer. Ihre Augen sind noch immer weit auf und ihr Herz pocht laut. Sie lebt also noch und hat scheinbar auch keine inneren Verletzungen davongetragen. Was allerdings hätte sein können, weil ich mich schließlich mit meinem vollen Gewicht auf sie geworfen habe.

»Maus? Hallo, Maus? Alles okay bei dir?«, frage ich sie vorsichtig.

Sie blinzelt mich ungläubig an. »Fragst du mich das gerade wirklich?«

Ich atme auf. Sie lebt. Und kann sogar noch sprechen. Zum Glück.

»Ja, natürlich war das eine ernst gemeinte Frage«, erwidere ich.

»Wie mies bist du denn drauf«, motzt die Maus. »Das ist ja das Allerschlimmste, was ich je gehört habe. Also, ich habe schon von Katzen gehört, die ihre Beute totspielen. Und auch von welchen, die sie nur annagen. Alles echt schlimme Finger, üble Katzengesellen. Aber eine Katze, die sich hinterhältig auf eine arme unschuldige Maus wirft, um sie dann zu fragen, ob alles okay sei, nö echt, nö, das ist das Übelste, was ich je über eine Katze gehört habe.«

Die Maus ist richtig außer Rand und Band, total empört. Ich muss das richtigstellen. So ein grobes Verhalten lass ich mir nicht nachsagen.

»Ich will dich weder totspielen noch annagen oder dir sonst auch nur ein winziges Mausehaar krümmen. Ich mach mir nichts aus Lebendfutter. Ganz im Gegenteil, ich lehne so was ab. Ich möchte lediglich von dir erfahren, wo meine Freundin und die Mutter meiner ungeborenen Kinder ist.«

»Nicht dein Ernst?«

»Sehe ich aus wie ein Kater, der zu Späßen aufgelegt ist?«

Die Maus schüttelt den Kopf. »Nee, absolut nicht.«

»Und so ist es auch. Ich bin Winston Churchill und meine Freundin Odette, eine bildschöne schneeweiße Katze, die jeden Augenblick unsere Babys bekommen kann, wurde allem Anschein nach von dir und deinen Kumpanen entführt und wird nun irgendwo festgehalten. Wenn du mir verrätst wo oder sogar dafür sorgst, dass sie freigelassen wird, dann krümme ich dir auch weiterhin kein Härchen.«

Die Maus denkt nach. Ich sehe es ihr an, denn sie hat eine große Falte auf der hohen Stirn. »Und wenn ich mich weigere?«

Hallo? Will die in so einer Lage jetzt echt mit mir verhandeln? Ich fasse es nicht.

»Dann übergebe ich dich den anderen Katzen hier auf dem Hof, die sich bestimmt über ein kleines Mittagsleckerchen freuen werden.« So, das war zwar ziemlich grob gesprochen und auch eine echt gemeine Drohung, aber an der Nase herumführen lasse ich mich von der Maus auch nicht.

»Is' ja schon gut«, rudert die Maus auch direkt wieder zurück. »Ich hab es kapiert. Wir sitzen im selben Boot. Ich bin übrigens Fred und ebenfalls mehrfacher Familienvater.«

Fred. Klingt eigentlich nett. Und dass er Familienvater ist, das lässt auch gleich so etwas wie eine Verbindung zwischen uns aufkommen.

»Fred, dann kannst du meine Verzweiflung bestimmt nachvollziehen. Ich bin krank vor Sorge um meine Odette und ich weiß, dass die Mäuse hinter ihrem Verschwinden stecken. Also sei so gut und sag mir, wo ihr sie festhaltet!«

Fred zuckt mit den schmalen Schultern. »Ich habe davon gehört, aber wirklich, und das musst du mir glauben, nichts damit zu tun. Ich bin Vater und Ehemann und wohne auch gar nicht hier auf dem Hof. Ich bin eine Feldmaus und wollte nur ein bisschen Hafer für meine Kleinen besorgen. Ich begebe mich nach Möglichkeit nicht in Gefahr, weil ich ja unbedingt meine Kinder aufwachsen sehen will. Dahinter stecken ganz andere Mäuse. Die haben allerdings auch einen Grund für ihre Aktion mit der weißen Katze, bei der es sich ja dann wohl um deine Odette handeln muss.«

»Und woher weißt du das dann alles, wenn du mit alldem nichts zu tun hast?«, will ich von Fred wissen.

Ich bin mir noch nicht sicher, ob ich ihm trauen kann. Okay, er macht tatsächlich einen ehrlichen Eindruck auf mich. Und er sieht auch verdammt nach Feldmaus aus.

Wobei ich schon zugeben muss, dass ich noch niemals eine Feldmaus in echt gesehen habe. Aber so stelle ich sie mir eben vor. Sehr feldig, und na ja, irgendwie naturverbunden.

»Ich habe gute Ohren, und dass hier momentan Stress zwischen den Hofkatzen und Hofmäusen ist, das ist überall bekannt. Hat wohl was mit dem Revierschutz zu tun. Einer ururalten Abmachung zwischen den Katzen und Mäusen, die wohl aber nun einige Male von den Katzen hinterlistig gebrochen wurde. Darum wollen die Mäuse sich jetzt rächen, und ich schätze, eine Katze als Geisel ist bestimmt ganz hilfreich dabei. Zumindest wird das überall erzählt.«

Geisel? Odette ist eine Geisel? Im Revierkampf zwischen Katze und Maus? Meine arme, liebe und wunderschöne Odette!

Wir sind aufs Land gekommen, um ganz in Ruhe und fernab der Großstadthektik unsere Babys zu bekommen und nun sind wir mitten in eine gefährliche Katz-und-Maus-Fehde geraten. Ich fasse es nicht.

»Du musst mir zeigen, wo sie Odette versteckt halten«, flehe ich Fred an. »Ich bitte dich, wenn du ein Herz für junge Familien hast, dann zeigst du mir das Versteck.«

Fred zuckt wild mit der Nase, sodass die langen Haare nur so tanzen. »Ich würde mich damit auch in Gefahr begeben. Ich meine, stell dir vor, die Hofmäuse bekommen heraus, dass ich dich zum Versteck geführt habe. Dann geht es mir an den Kragen. Das kannst du dir ja wohl vorstellen. Und wer soll sich dann um meinen Nachwuchs kümmern?«

Ich atme tief durch. Ich gebe zu, das entspricht ganz und gar nicht meiner Art. »Fred, ich mag dich, jawohl, ich hätte nie gedacht, dass ich das jemals zu einer Maus sagen würde, ich finde dich echt okay. Und es würde mir echt wehtun, wenn ich dir wehtun müsste.«

»Du erpresst mich also?«, piepst Fred ungläubig.

»Nicht freiwillig, wirklich nicht, aber du lässt mir keine andere Wahl. Also, was ist jetzt, führst du mich freiwillig zu Odette, oder muss ich …«

Fred fällt mir piepsend ins Wort. »Okay, okay, alles paletti, aber der Deal lautet so: Ich zeige dir die grobe Richtung und dann bin ich weg. Und wenn dich jemals jemand fragen sollte, ob du mich kennst oder wir jemals auch nur ein Wort miteinander gewechselt haben, dann verneinst du und streitest alles ab. Deal?«

Deal! Logisch. Ganz im Vertrauen, wer würde mir glauben, dass ich mit einer Maus gesprochen und einen Deal ausgehandelt habe? Verflixte Ölsardine, nicht einmal das Sandmännchen!

In guten wie in schlechten Zeiten!

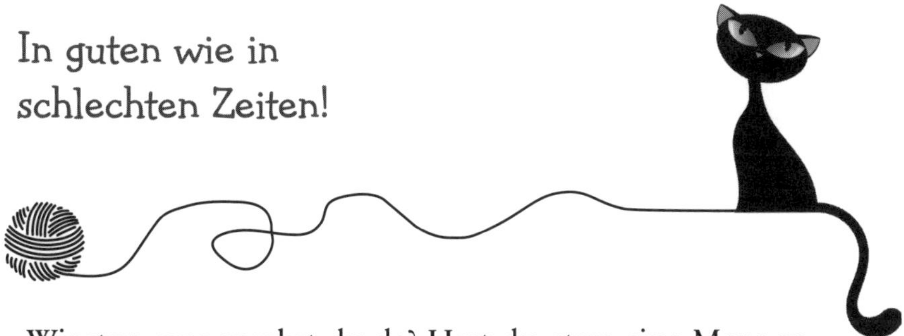

»Winston, was machst du da? Hast du etwa eine Maus gefangen?« Kira starrt mich mit großen Augen an. Verflixtes Thunfischbrötchen! Jetzt hat sie uns doch noch entdeckt. Und sie sieht alles andere als gut gelaunt aus, sondern irgendwie … sehr streng! Gut, vielleicht liegt es auch nur daran, dass sie ganz anders angezogen ist als sonst: Nicht Jeans und Turnschuhe, sondern Bluse und Rock, außerdem hat sie ihre Haare hochgesteckt. Genau, das wird es sein: Sie sieht streng aus, weil sie sich schon für die Hochzeit umgezogen hat. Ich mache also auf gut Wetter und streichele sanft mit eingezogenen Krallen über Freds Rücken, damit Kira sieht, dass ich es nur gut mit dem kleinen Kerl meine.

»Und hörst du wohl auf, das arme Mäuschen zu hauen! Du böser, böser Kater, du!« Okay, es sind nicht nur die Klamotten, Kira ist wirklich nicht gut gelaunt. Jetzt packt sie mich auch noch am Nackenfell und zerrt mich von Fred weg. Aua! Ich bin doch kein Hund! Fred quiekt, als ob er schlimme Schmerzen erleiden müsste. Na warte! Ich drehe den Kopf zu ihm um und fauche ihn an.

»Tu doch nicht so, als hätte ich dir wehgetan! Wenn du glaubst, du kommst mit deiner Mitleidsmasche aus unserem Deal raus, hast du dich aber getäuscht! Ich werde Kira gleich erklären, was Sache ist!«

Fred hört auf zu quieken, stattdessen lacht er schadenfroh.

»Ganz genau! Ein Kater erklärt einem Mädchen, dass er mit einer Maus losziehen will, um eine andere Katze aus den Fängen von wiederum anderen Mäusen zu befreien. Wovon träumst du eigentlich nachts, Schwarzer?«

Maunz! Was für eine bodenlose Frechheit! Und ich mache mir noch Sorgen, ob ich dem kleinen Hosenscheißer eben wehgetan haben könnte! Bei meinem Kratzbaum, wenn ich den noch mal in die Pfoten kriege, werden die Krallen aber mal richtig ausgefahren!

Ich winde mich aus Kiras Griff heraus, falle ihr vor die Füße und setze zu einem anklagenden Miauen an. Dabei deute ich immer wieder in Richtung Fred und hoffe, dass man mir meine Empörung deutlich anmerkt. Eigentlich sind Kira und ich Seelenverwandte, ich nehme also stark an, dass sie versteht, dass ich hier gerade eine Beschwerde vortrage.

Kira runzelt die Stirn.

»Was meinst du? Du hast dem Mäuschen gar nichts angetan?«

Ich maunze noch einen Tick nöliger. Kira muss grinsen.

»Ach so! Das Mäuschen hat dir unrecht getan? Na, dann will ich nichts gesagt haben.«

Fred reißt die Augen auf.

»Das gibt's ja gar nicht! Die versteht dich wirklich! Wahnsinn!«

»Hab ich doch gesagt. Und wenn ein Winston Churchill etwas sagt, dann meint er das auch so.«

»Alles klar, Chef!«, murmelt Fred und legt sich wieder auf das Kissen. Brav! Und: Warum nicht gleich so? Kira streicht mir sanft über den Kopf und geht zu Odettes Körbchen, um Fred genauer zu betrachten.

»Okay, Winston, so ganz habe ich aber immer noch nicht kapiert, was du mit dem Mäusekollegen hier planst.«

Ich überlege. Wie genau erkläre ich nun Freds Anwesenheit, ohne dass Kira ihn sofort wieder vor die Tür setzt? Wenn der mir jetzt stiften geht, dann finde ich ihn nie wieder. Und wenn ich Fred nie wiederfinde, dann finde ich Odette nie wieder!

Ich denke kurz nach. Welchen Grund könnte es geben, Fred hier auf dem Zimmer zu behalten? Richtig! Die anderen Katzen!

Tierlieb, wie Kira nun mal ist, möchte sie bestimmt nicht, dass die anderen Katzen Jagd auf den armen Fred machen. Wenn ich ihr also klarmache, dass Fred verletzt ist und ich ihn hier nur vor den anderen Katzen verstecken wollte, bis es ihm wieder besser geht, dann lässt sie ihn bestimmt hier. Ich tapse also ebenfalls zu dem Körbchen, deute mit der Pfote auf Freds Hinterteile und fange an, jaulend zu maunzen.

»Los, Fred, tu mal so, als würden dir deine Hinterbeine

so wehtun, dass du nicht richtig laufen kannst«, fordere ich meinen Mäusepartner dann auf.

»Hä? Warum?«

»Frag nicht, mach es einfach!«, befehle ich.

Freds spitzes Näschen zuckt kurz, dann rappelt er sich vom Kissen hoch und humpelt einmal quer durch Odettes Körbchen, dass es zum Erbarmen ist.

»Oh nein!«, ruft Kira. »Das arme Kerlchen! Das kann ja kaum laufen!«

Sie greift in das Körbchen und hebt Fred behutsam hoch. An seinen aufgerissenen Augen kann ich sehen, dass er es seeehr gruselig findet, von einem Menschen in die Hand genommen zu werden. Kein Wunder, das erlebt eine Feldmaus bestimmt nicht alle Tage!

»Hilfe!«, japst Fred und sieht so aus, als wollte er jeden Moment von Kiras Hand springen.

»Ruhig Blut, Kumpel! Kira tut dir nichts. Die will nur sehen, was dir fehlt, also guck mal ein bisschen leidend!«

Auf Kommando lässt Fred Kopf und Hinterbeine hängen und fängt an zu fiepen.

»Du arme, kleine Maus! Was ist denn bloß passiert?«

Jetzt kommt mein Part: Ich sause vor Kiras Füßen hin und her, fauche und kämpfe mit einem unsichtbaren Gegner. Es ist ein wilder, brutaler Kampf, so viel steht mal fest.

»Okay, Winston. Du meinst, das Mäuschen war in einen Kampf verwickelt? Mit wem denn?«

Ich fauche noch lauter, springe wild umher und fahre

meine Krallen aus, die ich dann mit gestreckten Pfoten in Richtung Fred strecke.

»Mit anderen Katzen? Die Hofkatzen haben das Mäuschen gejagt?«

Bingo! Hundert Punkte! Ich nicke und maunze.

»Oh nein! Das arme! Und du hast es dann in Sicherheit gebracht, richtig?«

Wieder ein Nicken meinerseits.

»Gut. Dann bleibt die Maus besser hier oben, wenn wir gleich nach unten gehen.«

Äh, Moment mal! Nach unten gehen ist ja in Ordnung. Aber doch nicht mit Kira! Ich will mit Fred nach unten, um Odette zu suchen. Ich setze mich auf meinen Po und gucke Kira missmutig an. Sie erkennt gleich, dass ich von ihrem Plan nicht begeistert bin.

»Winston, willst du denn nicht mitkommen? Jetzt geht es doch gleich mit der Trauung los. Willst du denn nicht miterleben, wie Werner und Mama heiraten?« Sie klingt schwer enttäuscht. Menno, was mach ich denn nur?

»Ist es wegen Odette? Du machst dir Sorgen, weil wir sie immer noch nicht gefunden haben? Winston, ich verspreche dir, dass wir sie finden werden. Aber diese Hochzeit ist nun einmal ein besonders wichtiger Tag für Mama. Und damit auch für mich. Wir werden dann eine richtige Familie werden. Bitte, Winston, du musst unbedingt dabei sein!«

Miau, na gut! Wenn Kira so mit mir spricht, kann ich sowieso nicht Nein maunzen! Ich werfe Fred einen Blick zu.

»Du hast es gehört, Kumpel. Ich muss da eben mal mit. Aber ich verspreche dir, mich zu beeilen!«

»Oh nein! Und ich soll hier so lange auf dich warten? Das ist doch wohl nicht dein Ernst!«

»Tut mir leid, es geht nicht anders.«

Freds Schnurrhaare fangen an zu vibrieren. Nicht vor Freude, das steht fest.

»Ich muss nach Hause! Verlass dich nicht darauf, dass ich nachher noch hier bin. Bei mir warten schließlich auch Frau und Kinder!«

Nein, Bürschchen. So haben wir nicht gewettet. Deal bleibt Deal! Ich hebe die Pfote und kratze Kira vorsichtig am Bein, dann deute ich auf Fred.

»Du meinst, die Maus ist hier nicht in Sicherheit ohne dich?«, schlussfolgert Kira. »Hm, vielleicht hast du recht. Warte mal.«

Sie sieht sich suchend im Zimmer um, dann geht sie zu der Bank neben ihrem Bett, auf der ihr Koffer liegt, und öffnet ihn.

»Guck mal, ich habe hier doch noch den Karton der Schuhe, die ich extra für die Hochzeit gekauft habe. Da kann die kleine Maus jetzt drin wohnen, bis wir wieder hier oben sind.«

»Was! NEIN! Auf gar keinen Fall!«, schimpft Fred. Aber das versteht Kira natürlich nicht. Sie nimmt die zappelnde Maus, setzt sie behutsam in den Karton und schließt den Deckel.

»So, hier bist du sicher.«

Dann stellt sie den Karton in das Bücherregal und beschwert den Deckel mit einigen Büchern.

»Komm, Winston! Nicht, dass wir noch etwas verpassen!«

»Liebes Brautpaar, liebe Anna, lieber Werner! Ich schließe nun mit einer Stelle der Bibel, die von dem Wunder berichtet, das uns auch heute hier zusammengeführt hat, das Wunder, das *euch* zusammengeführt hat. Ich rede von der Liebe. Und über dieses wichtigste Gefühl des Menschen steht in der Bibel Folgendes:

Und wenn ich meine ganze Habe verschenkte,
und hätte aber die Liebe nicht,
nützte es mir nichts.
Die Liebe ist langmütig,
die Liebe ist gütig.
Sie ereifert sich nicht,
sie prahlt nicht,
sie freut sich nicht über das Unrecht,
sondern freut sich an der Wahrheit,
sie erträgt alles,
glaubt alles,
hofft alles,
hält allem stand.
Die Liebe hört niemals auf.

Simone hält kurz mit ihrer Predigt inne und schaut in die Runde. Babuschka weint schon vor Rührung, sie hat ein Taschentuch gezückt und ist bemüht, ihre Tränen so vorsichtig wegzutupfen, dass die Wimperntusche keinen Schaden nimmt. Frau Hagedorn sieht auch sehr ergriffen aus – allerdings bin ich mir nicht sicher, ob das nicht vor allem daran liegt, dass sie ihrer Tochter so gern beim Predigen zuhört. Beate hingegen sitzt neben ihrem Mann und gähnt ab und zu. Oder aber rollt sogar mit den Augen, wenn Simone die Liebe beschwört. Sie scheint offenbar gar nicht so richtig an dieses große Gefühl zu glauben, was sehr traurig für sie ist. Wenn ich könnte, würde ich auch das eine oder andere Tränchen vergießen. Zumal ich die ganze Zeit an meine arme Odette denken muss. Die ich nämlich auch über alles liebe. Insofern hätte Simone ruhig mal erwähnen können, dass die Liebe auch für Tiere ein wichtiges Gefühl ist. Also zumindest für Katzen. Für Hunde will ich hier nicht sprechen. Wer weiß, was für die im Leben wichtig ist.

Während ich noch über die Liebe zwischen Katzen, Hunden und überhaupt allen Lebewesen nachdenke, scheint Simone schon bei einem anderen Thema angekommen zu sein. Sie steht mittlerweile direkt vor Werner und Anna und redet in sehr ernstem Tonfall auf die beiden ein. Nein, eigentlich hat sie ein paar Fragen an die beiden. Zuerst wendet sie sich dabei an Werner, dem ich aus fünf Metern Entfernung ansehen kann, dass er sehr, sehr aufgeregt ist. Seine Gesichtsfarbe wechselt zwischen blass und sehr blass, aber vielleicht liegt das auch daran, dass er sich zur Feier des Tages eine Fliege umgebunden hat, die ein bisschen eng ist? Auch Anna trägt etwas Besonderes: ein sehr langes weißes Kleid, dessen hinterer Saum sogar den Boden berührt. Sieht unpraktisch aus, aber ganz hübsch.

»Werner Alexander Hagedorn, willst du Anna Kovalenko, die Gott dir anvertraut, als deine Ehefrau lieben und ehren und die Ehe mit ihr nach Gottes Gebot und Verheißung führen – in guten und in bösen Tagen –, bis der Tod euch scheidet, so antworte: ›Ja, mit Gottes Hilfe.‹«

Werner schluckt sehr trocken, dann antwortet er mit einer sehr heiseren Stimme.

»Ja, mit Gottes Hilfe.«

Jetzt dreht sich Simone zu Anna.

»Und du, Anna Kovalenko, willst du Werner Alexander Hagedorn, den Gott dir anvertraut, als deinen Ehemann lieben und ehren und die Ehe mit ihm nach Gottes Gebot und Verheißung führen – in guten und in bösen Tagen –, bis der Tod euch scheidet, so antworte: ›Ja, mit Gottes Hilfe.‹«

Anna holt kurz Luft, dann sagt sie mit fester Stimme:

»Ja, mit Gottes Hilfe!«

Werner, der eben noch genauso ängstlich aussah wie Fred, als der unter mir lag, reißt nun die Arme hoch und ruft laut »Yes!«, die Gäste applaudieren, Kira drückt mich fest an sich, Babuschka heult wie ein Schlosshund, und selbst Beate ringt sich zu einem Lächeln durch. Okay, offenbar war dieses kurze Interview der wichtigste Teil bei der ganzen Geschichte.

»Halt, halt, meine Lieben!«, mischt sich nun Simone ein. »Wir sind noch nicht ganz fertig. Wer hat die Ringe?«

»Ich!«, meldet sich Roland, Werners Bruder und gleichzeitig der bemitleidenswerte Mann von Beate, zu Wort. Er steht von seinem Sitz auf, kommt nach vorn und gibt Simone ein kleines Kästchen, welches sie vorsichtig öffnet. Zum Vorschein kommen tatsächlich zwei Ringe, von denen der eine wunderschön funkelt.

»So, nun könnt ihr die Ringe miteinander tauschen.«

Richtig, jetzt fällt es mir wieder ein! Wenn Menschen einander heiraten, dann markieren sie sich gegenseitig mit einem Ring. Was total praktisch ist, weil: Da sehen dann ja alle anderen Menschen, dass Mann oder Frau schon jemand anderem gehören. Also, es ist gewissermaßen so, wie wenn man als Katze gechipt wird, damit man Herrchen oder Frauchen schneller findet, falls man mal verloren geht. Nur, dass ein Chip nicht so schön funkelt wie der Ring, den Werner jetzt gerade seiner Anna an den Finger gesteckt hat.

Als sie mit dem Ringtauschdingsbums fertig sind, lächelt Simone den beiden aufmunternd zu.

»Bitte reicht einander nun die Hände!«

Werner nimmt Annas Hände in seine, ich kann erkennen, dass er dabei leicht zittert. Jetzt legt auch Simone ihre Hände sachte von oben auf die Hände von Werner und Anna blickt nach vorn zu den Hochzeitsgästen und sagt mit sehr salbungsvoller Stimme:

»Was aber Gott zusammengefügt hat, das soll der Mensch nicht scheiden.«

Dann macht sie eine kleine Pause, grinst – und bufft ihren Bruder in die Seite.

»Na los, Werner! Du darfst deine Frau jetzt küssen!«

Das muss man meinem Werner natürlich nicht zweimal sagen – unter dem Jubel der Gäste zieht er Anna in seine Arme und gibt ihr einen seeehr langen Kuss. Heilige Ölsardine, das ist ja eine aufregende Sache mit diesem Heiraten!

Jetzt wird's unterirdisch!

»Boah, Mann, das wurde aber auch langsam Zeit«, japst Fred, kaum, dass ich den Deckel des Schuhkartons zur Seite geschoben habe. »Noch eine Sekunde länger und ich wäre erstickt.«

»Tut mir leid«, gebe ich zurück. Das mit dem Ersticken ist natürlich Unsinn. In den Karton passen locker siebzehn Freds hinein und deshalb ist auch für mindestens siebzehn Freds Sauerstoff darin. Aber ich will jetzt nicht penibel sein und ihm seine Übertreibung widerlegen. Zumal ich es ja selbst kaum noch abwarten konnte, mich endlich wieder auf die Suche nach Odette zu begeben.

»Meine Menschenfamilie feiert heute Hochzeit und gerade war die Trauung. Ich konnte da nicht früher weg. Kira hätte es mir sehr übel genommen. Und Werner auch. Und Anna sowieso …«

Fred schaut mich naserümpfend an. »Wie jetzt, deine Menschenfamilie ist dir wichtiger als deine Odette und eure ungeborenen Babys?«

Was? Unsinn! Totaler Makrelenquatsch!

»Ich habe nicht eine Sekunde *nicht* an Odette und die Babys gedacht«, verteidige ich mich. »Nicht eine klitzekleine!«

Fred rollt mit den Augen. »Wenn du es sagst. Ich für meinen Fall kann jedenfalls behaupten, dass mich weder Tüll noch Torte und erst recht kein Hochzeitstänzchen davon abgehalten hätten, meine Elisa und die Kleinen zu retten, wenn sie gerettet werden müssten.«

Blödian! Was will der mir denn jetzt hier ein schlechtes Gewissen einreden, hä? Was eh total überflüssig ist, denn das habe ich ja schon längst.

»Wie auch immer.« Ich drücke den Rücken durch und strecke den Kopf vor. »Ich hatte leider meine Gründe. Nun bin ich aber zurück und bitte dich, mir den Ort zu zeigen, an dem die Hofmäuse meine Odette gefangen halten.«

Ich habe beschlossen, das Thema mit Fred nicht weiter zu vertiefen, sondern jetzt endlich keine Zeit mehr zu verlieren.

Skeptisch neigt Fred den Kopf leicht nach links, sagt aber schließlich: »Okidoki, dann sollten wir jetzt wirklich keine Zeit mehr verlieren. Mir nach!«

Er trippelt aus dem Zimmer und ich trippele hinterher. Als wir schon fast die Tür erreicht haben, fällt mir ein, dass im Gutshaus noch Hochzeit gefeiert wird.

Beate wird unter Garantie einen hysterischen Anfall kriegen und im Duett mit Frau Hagedorn loskreischen, wenn sie Fred sehen. Und dann fühlt sich Werner vielleicht aufgefordert, die Maus zu fangen. Zuzutrauen ist es ihm heute allemal – so aufgedreht, wie er eh schon ist wegen der ganzen Heiraterei. Er ist kaum wiederzuerkennen, das reinste Nervenbündel.

»STOPP!«, rufe ich deshalb Fred zu. »Lieber durch den Hintereingang!«

Fred bleibt stehen, wendet sich zu mir um und sagt: »Schämst du dich etwa, mit mir zusammen gesehen zu werden?«

Hä? Was soll diese Frage denn jetzt, bitte schön? Hat er nicht selbst gemeint, wir dürften auf gar keinen Fall zusammen gesehen werden? Verflixter Heringshappen, versteh einer die Mäuse!

»Das hat nichts mit Scham zu tun«, stelle ich dennoch klar, auch wenn ich die Frage total überflüssig und daneben finde. »Es ist vielmehr so, dass ich nicht scharf darauf bin, die Aufmerksamkeit auf dich und somit auch auf mich zu lenken. Ich möchte jetzt lediglich meine Odette suchen, finden und befreien.« Was eindeutig noch etwas länger dauern würde, wenn, wie bereits erwähnt, die feierwillige Meute die Maus mit dem Kater im Schlepptau sehen würde, füge ich in Gedanken hinzu.

Fred nickt nachdenklich. »Könntest du recht mit haben …«, räumt er schließlich ein und wendet sich in Richtung Hintertür.

In Blitzgeschwindigkeit trippelt Fred hinter dem Gutshaus entlang. Ich bleibe ihm dicht auf den Fersen. Schnell geht es weiter Richtung Silo.

Soso, dann ist Odette also doch dort irgendwo versteckt,

schießt es mir durch den Kopf. Dabei dachte ich, ich hätte wirklich in jedem noch so versteckten Winkel, jeder noch so kleinen Ritze nach ihr gesucht.

»Sie ist im Silo?«

»Nö! Aber ich brauche erst mal eine kleine Ration Hafer. Bin schon ganz zittrig vor Hunger«, gibt Fred zurück.

Kaum gesagt, schon im Silo verschwunden und Hafer gefuttert.

Er stopft in Windeseile Unmengen von Hafer in sich hinein. Wie ein Hamster, der sich auf den Winterschlaf vorbereitet. Innerhalb weniger Momente ist er beinah doppelt so dick wie vorher. Ich kann nur noch staunen. Und denken: Bei meinem Kratzbaum, hoffentlich platzt der nicht, bevor er mir Odettes Versteck gezeigt hat.

»Fred, ich will dich nicht drängen, aber …«

»RÜLPS! RÜÜÜLPSSS!«

Ähm … die Maus hat gerade gerülpst. Ich fasse es nicht. Was für ein Benehmen. Womit wir wieder bei der Landbevölkerung wären. Die sind hier anscheinend alle miteinander etwas burschikoser. Das hat Frau Hagedorn vorhin auch schon gemeint. Wobei ich eigentlich eher selten einer Meinung mit Werners Frau Mutter bin. Aber wie heißt es doch so schön: Ausnahmen bestätigen die Regel.

Endlich ist die Maus satt und wankt weiter. Ich folge ihr.

»Muss nur kurz daheim das Fressen abliefern«, sagt Fred plötzlich und macht einen kleinen Schwenker nach rechts. »Sonst schimpft Elisa wieder mit mir, weil die Kleinen vor Hunger kein Auge zumachen.«

Wie bitte? Jetzt statten wir erst noch Freds Family einen Besuch ab? Ich glaub es nicht. Das kann unmöglich sein Ernst sein.

»Fred, ich muss dich doch wohl nicht an unseren Deal erinnern, oder?«, frage ich mit einem Hauch von drohendem Unterton in der Stimme.

»Nö!«, sagt Fred nur und trippelt unbeirrt Richtung Feldmark weiter.

Hallo? Geht's noch? Hier hinten zwischen Wiesen und Ackern ist meine Liebste unter Garantie nicht versteckt.

»Fred! Du bringst mich jetzt auf der Stelle zu Odette!«, fauche ich böse.

Fred trippelt weiter. Einfach so. Als hätte ich nichts gefaucht. Und erst recht nicht stinkstiefelböse.

Also muss ich härtere Geschütze auffahren. Ich hole aus und will der Maus einen heftigen Schlag mit der linken Vorderpfote verpassen, um meiner Drohung etwas Nachdruck zu verleihen. Doch dazu kommt es nicht.

SCHWUPPS! Und die Maus ist verschwunden. Einfach weg. Ganz so, als hätte sich der Boden unter ihr aufgetan.

Verflixter Hering in Aspik! Fred hat mich ausgetrickst. Der Kerl hat nicht im Traum daran gedacht, mich zu Odettes Versteck zu führen. Er ist zielstrebig ab in die Feldmark getrippelt und dann ins nächstbeste Loch gehuscht. Und ich gutgläubiger Kater habe ihm vertraut. Blind und blöd. Leider muss ich mir das selbst eingestehen.

BLIND UND BLÖD!

»Fred, echt, du bist die hinterhältigste Maus, der ich je

begegnet bin«, fauche ich wütend und enttäuscht. »Aber denk daran, man sieht sich immer zweimal im Leben. Das gilt auch für Katze und Maus.«

»Warum fauchst du so ungehalten?«, erklingt es plötzlich hinter mir. Ich fahre blitzschnell herum und starre in zwei dunkle Mini-Knopfaugen. Freds Augen? Verteufelter Brathering, diese Mäuse sehen sich alle miteinander so verdammt ähnlich.

»Fred?«, frage ich unsicher. »Bist du es?«

»Logo. Oder dachtest du, Jesus in Mäusegestalt sei dir erschienen?«

Ich schüttele den Kopf. Bin eindeutig sprachlos.

»Und warum fauchst du nun so wild und zornig hier herum? Willst du, dass meine Kleinen Angst bekommen und nachts ins Bettchen strullern oder was?«

»Ich … ich …«

»Du … du …?«

»Ich dachte, du bist abgehauen. Hast mich ausgetrickst.«

Fred macht Murmelaugen. »Was? Wie kommst du darauf, mir so etwas Unehrenhaftes zu unterstellen? Ich bin eine Maus, die zu ihrem Wort steht. Und wenn ich einen Deal vereinbart habe, dann ist das auch so.« Fred ist richtig wütend und ich schäme mich ein bisschen.

»Tut mir leid. Ich bin den Umgang mit Mäusen nicht so gewohnt …«, verteidige ich mich.

»Schwamm drüber«, erklärt Fred. »Hauptsache, die Kleinen haben jetzt ordentlich was zu mampfen und meine Frau ist glücklich und zufrieden. Dann wollen wir jetzt mal schnell dafür sorgen, dass es auch demnächst bei der Familie Churchill zum großen Happy End kommt.« Er zwinkert mir zu und trippelt los.

Zielstrebig geht es zurück Richtung Silo, und auch wenn ich mir vorgenommen habe, Fred nicht noch einmal zu misstrauen, kommt mir das Ganze langsam etwas seltsam vor.

»Schon wieder zum Silo?«, rufe ich ihm zu.

»Nö!«

»Wohin sonst?«

Fred bleibt stehen. »Dorthin!«

»Wohin?«

Fred deutet auf einen Gullydeckel. »Das ist der Zugang zu einem alten unterirdischen Kanalsystem, in dem die Hofmäuse laut meiner Informationen und dem Dorfklatsch angeblich deine Lady versteckt und gefangen halten.«

»Da … da unten«, hauche ich betroffen. Meine arme, arme Odette. Fred nickt. »Ich selbst war noch nie dort unten, habe aber gehört, dass sich in den verzweigten Gängen der Kanalisation ein regelrechtes Gefängnis befinden soll.«

Er deutet noch einmal auf den Gullydeckel und nickt mir dann zu. »Ich bin dann jetzt auch mal weg, Winston. Habe meinen Teil des Deals erfüllt und dich in die Nähe des Verstecks gebracht.« Er macht auf dem Absatz kehrt und will davontrippeln.

»Nein! Halt! Warte! Und wie soll ich da reinkommen? Du magst vielleicht durch die schmalen Schlitze im Gullydeckel passen, aber ich bestimmt nicht.«

Fred trippelt etwas zur Seite und deutet auf ein Rohr, das aus einem Erdhaufen herausragt. »Hier geht es hinein. Ich wollte dir anhand des Gullys nur zeigen, wie tief es dort hinabgeht.«

Sehr tröstlich.

»Danke«, murmele ich und verschwinde geschwind in dem Rohr. Schlagartig ist es um mich herum feucht und dunkel. Schon nach wenigen Metern wird mir klar, dass ich hier alleine niemals zurechtkomme. Unzählige Gänge gehen in verschiedene Richtungen von dem Hauptkanal ab. Es ist wie in einem unterirdischen Labyrinth. Wenn ich mich hier ein einziges Mal verlaufe, finde ich womöglich den Ausgang nie wieder – und erst recht nicht meine Odette.

Nein, so wird das nichts. Ich brauche einen Führer. Jemanden, der sich mit unterirdischen Gängen auskennt und der über einen astreinen Orientierungssinn verfügt. Jemanden wie Fred!

Schnell sprinte ich die paar Meter zurück und schieße wie ein geölter Blitz aus dem Kanalrohr. Hoffentlich ist er nicht schon wieder in seinem unterirdischen Bau verschwunden.

Doch ich habe Glück. Fred steht unverändert vor dem Kanalrohr und starrt mich erstaunt an.

»Ups, hast du sie etwa schon gefunden?«

Ich hole tief Luft. »Nein! Und das werde ich auch nicht, wenn du mir dabei nicht behilflich bist. Ich bin ohne jemanden wie dich dort unten aufgeschmissen. Fred, ganz ehrlich, du musst mir helfen. Du musst mit mir da runterkommen und nach Odette suchen«, rede ich beschwörend auf ihn ein.

»Kumpel, wenn ich mit dir dort unten von den Hofmäusen gesichtet werde, bin ich erledigt.«

Ich starre ihn an. »Und was sagen deine Kleinen, wenn sie hören, dass du zu feige warst, einer Familie in Not zu helfen?«

Fred blinzelt. »So ist es erstens nicht und zweitens, wie sollen sie das erfahren?«

Ich halte seinem Blick stand. »Ich könnte es unter den Hofkatzen verbreiten und die sorgen bei passender Gelegenheit sicherlich gerne dafür, dass jeder im nahen und fernen Umkreis von der feigen Maus namens Fred erfährt, der es egal war, dass eine unschuldige Stadtkatze ihre noch unschuldigeren Katzenbabys in einem feuchten und stockdunklen Kanalsystem zur Welt bringen und aufziehen musste. Was meinst du, Fred, sind deine Kleinen dann wohl noch stolz auf ihr Papilein?«

»Hinterhältiger Stadtkater, du«, flucht Fred und gibt mir ein Zeichen, ihm zu folgen. Flugs sind wir wieder im Kanal und dann geht es kreuz und quer, hin und her. Schon nach wenigen Schritten habe ich den Überblick verloren. Hier und da müssen wir uns vor vorbeikommenden Mäusen verstecken. Einmal können wir in letzter Sekunde in eine Vertiefung huschen, bevor uns eine dicke Maus erwischt hätte. Fred ist sehr besorgt, dass wir zusammen gesehen werden könnten – und ich, dass wir Odette nicht finden.

Als es mir zunehmend aussichtsloser vorkommt und ich nicht einmal mehr sagen kann, ob wir Minuten, Stunden oder bereits Tage hier unten herumgeirrt sind, sagt Fred plötzlich: »Ich gehe fest davon aus, dass das jenes Verließ ist, in dem sie deine Odette gefangen halten.«

Ich bin wie elektrisiert. Stürme an Fred vorbei und zwänge mich durch einen schmalen Spalt in das dunkle Innere. Gleich sehe ich Odette, gleich werde ich sie befreien. Und wenn ich dafür zum Hofmäuse-Jäger werden muss, ich tue es! Ich bin so stinkwütend, dass sie meine arme und unschuldige Liebste in solch ein dunkles und feuchtes Verlies verschleppt haben, ich könnte platzen vor Ärger und Rachegelüsten!

»Odette!«, rufe ich. »Halte durch. Ich komme!«

Doch, oh Schreck, oh Graus – Odette ist nicht mehr da. Mit Betonung auf NICHT MEHR!

Auch wenn die Enttäuschung schmerzlich in mir brennt, so vernehme ich doch sehr eindeutig ihren Geruch. Unter Millionen Gerüchen auf der Welt würde ich ihn immer wiedererkennen.

»Und, ist sie da?«, fragt Fred.

»Nein«, gebe ich enttäuscht zurück. »Aber sie war hier. Alles duftet nach meiner Liebsten und wenn ich mich nicht irre, dann liegen dort auch einige ihrer wunderschönen weißen Haare am Boden.«

Heilige Ölsardine, sind wir tatsächlich zu spät gekommen? Was haben diese hinterhältigen Mäuse bloß mit meiner Odette gemacht?

Showkater wider Willen.

Auf dem Rückweg kann ich mich kaum beherrschen. Am liebsten würde ich die nächstbeste Maus unangespitzt in den Boden rammen. Also natürlich nicht Fred – aber jede andere Maus sollte jetzt besser einen großen Bogen um mich machen. Allerdings ist es nach wie vor Fred, der uns sofort hinter einen Mauervorsprung zieht, sobald wir auch nur in die Nähe eines seiner Artgenossen kommen. Ich könnte platzen!

»Winston, ich verstehe ja, dass du jetzt echt sauer bist, aber wenn du hier weiter so durch die Gänge stampfst, dann werden wir entdeckt, bevor wir den Ausgang erreichen«, versucht mich Fred zu beruhigen. Tatsächlich regt er mich damit nur noch mehr auf.

»Ich bin nicht SAUER! Ich bin VERZWEIFELT! Das ist ein RIESEN-Unterschied!«, fauche ich den kleinen Mäuserich an, der vor Schreck einen halben Meter zurückspringt.

»Wow, ist ja gut! Nun reg dich mal ab, ich kann doch auch nichts dafür, dass wir Odette nicht gefunden haben. Wahrscheinlich ist ihr die Flucht gelungen, und wenn du nach Hause kommst, liegt sie schon wieder in ihrem kuscheligen Körbchen und wartet auf dich.«

Ja, ja, wer's glaubt, wird selig. Und wer's nicht glaubt, kommt auch in den Himmel! Ich glaube nicht, dass Odette entkommen ist. Ich glaube, sie haben sie an einen anderen Ort verschleppt, diese schrecklichen Nagetiere! Aber wohin bloß?

»Fred, du musst mir sagen, wer hinter der ganzen Sache steckt. Wer ist der Kopf dieser Verbrecherbande? Ich muss sofort zu ihm!«

Der Mäuserich zuckt bedauernd mit den Schultern. Jedenfalls, soweit ich das hier im schummerigen Dunkeln beurteilen kann.

»Ich weiß doch auch nichts Genaues. Als Feldmaus bin ich aus der Geschichte wirklich raus. Es sind ja nur Gerüchte, von denen ich gehört habe. Die Mäuse und die Katzen haben sich den Hof aufgeteilt. Solange jeder auf seiner Seite bleibt, gibt es keinen Stress. Wenn keine Mäuse im Gutshaus auftauchen, sind die Menschen zufrieden und füttern die Katzen. Wenn keine Katzen im Silo auftauchen, sind die Mäuse zufrieden und werden satt. Es ist also eine Win-win-Situation. Oder besser: Es WAR eine Win-win-Situation. Bis irgendwelche Vollidioten sich nicht mehr daran gehalten und damit alles kaputt gemacht haben.«

Er seufzt. Und mir schwirrt der Kopf. Und eines verstehe ich immer noch nicht: Was wollen die mit Odette? Die hat mit der ganzen Sache nun garantiert nichts zu tun!

»Fred, wenn ich mal mit jemandem sprechen könnte,

der in der ganzen Geschichte tiefer drinsteckt … nur sprechen, nicht auffressen, versprochen!«

»Aber was bringt dir das denn? Davon bekommst du Odette auch nicht wieder.«

»Doch. Ich bin mir sicher: Der Streit zwischen den Katzen und Mäusen ist der Schlüssel zu Odette. Wer auch immer sie gekidnapped hat, er will irgendetwas von den Katzen. Und ich muss wissen, was genau. Denn wenn er das bekommt, lässt er Odette bestimmt frei.«

Fred nickt.

»Wahrscheinlich hast du recht. Aber helfen kann ich dir trotzdem nicht. Wenn herauskommt, dass ich einer Katze geholfen habe, bin ich erledigt. Tut mir leid! Ich bringe dich jetzt hier raus und dann verschwinde ich zu meiner Family.«

Nee, schon klar. Hauptsache, er ist bei seiner Familie. Was aus meiner Familie wird, ist ihm egal. Schweigend laufen wir hintereinander her, bis wir schließlich wieder am Kanalausgang ankommen. Wir klettern heraus, dann stehen wir uns eine Zeit lang still gegenüber.

»Ja, du … äh … dann wünsch ich dir noch viel Glück. Ich muss dann mal los«, windet sich Fred aus der unangenehmen Situation heraus, dreht sich um und ist sofort in der Dunkelheit verschwunden. Zurück bleibt ein einsamer und unglücklicher Kater.

»Winston, wo bist du gewesen? Ich habe dich schon überall gesucht! Und die kleine Maus ist auch weg!« Kira sieht sehr besorgt aus, als sie mich vor dem Gutshaus findet. Ich verzichte auf den Versuch, es ihr zu erklären. Bringt sowieso nichts. Stattdessen trotte ich mit ihr ins Haus, immer der lauten Musik hinterher. Diese kommt aus dem Garten, der hinter dem großen Zimmer liegt, in dem Simone Werner und Anna vorhin getraut hat. Die großen Flügeltüren sind geöffnet, sodass man von dem Zimmer direkt in den Garten gehen kann. Auf der Rasenfläche hat ein Mann etwas aufgebaut, das entfernt an das Klavier in unserem Wohnzimmer in Hamburg erinnert: Es hat auch schwarze und weiße Tasten, ist aber viel kleiner und steht auf einer Art Bügelbrett. Interessant!

Der Mann greift beherzt in die Tasten und singt ziemlich laut dazu, während ein Teil der Gäste angefangen hat zu tanzen. Werner hält seine Anna fest in den Armen und dreht sich mit ihr im Takt der Melodie, die beiden sehen sehr glücklich aus. Auch Babuschka und Balotelli bewegen sich einigermaßen elegant durch den Garten, allerdings scheint es hier eher Babuschka zu sein, die die Richtung vorgibt.

Ich setze mich an den Rand des Rasens und betrachte das bunte Treiben. Wenn ich die glücklichen Paare sehe, wird mir sehr schwer ums Herz. Werde ich meine geliebte Odette jemals wiedersehen?

»Hey, Winston, da bist du ja endlich!« O'Nelly taucht neben mir auf. »Hast du Odette gefunden? Wie geht es ihr?«

Traurig schüttele ich den Kopf.

»Nein, immer noch keine Spur.«

»Oh dear!«, meckert O'Nelly. »Das ist ja furchtbar!«

»Ja, ist es. Wobei *keine Spur* auch nicht ganz richtig ist. Zumindest habe ich eine Ahnung, wer hinter der ganzen Sache stecken könnte. Und es ist nicht der Jäger.«

»Nein?« Die Ziege reißt die Augen auf. »Aber wer ist es denn sonst?«

Ich hole tief Luft und senke meine Stimme zu einem Flüstern.

»Es sind die Mäuse.«

»Hä?«

»Es sind die Mäuse«, wiederhole ich noch einmal und ernte diesmal ein ungläubiges Meckern.

»Die Mäuse? Du meinst diese kleinen graubraunen Freunde, die ungefähr zwanzigmal kleiner sind als Odette? Diese Mäuse meinst du?«

»Ganz genau. Ich glaube, sie haben Odette entführt, um ihr Revier im Hafersilo zu sichern.«

O'Nelly sieht mich ungläubig an.

»Winston, ist dir bei der Suche nach deiner Freundin vielleicht irgendetwas Schweres auf den Kopf gefallen? Oder hat dich die Sorge um Odette langsam um den Verstand gebracht?«

Ich schnaufe empört durch meine Schnurrhaare.

»Keineswegs, meine Liebe! Aber ich habe auf diesem verdammten Gutshof nun tatsächlich schon im wahrsten Sinne des Wortes unter jeden Stein geschaut. Dabei habe ich so einiges mitbekommen, von dem du nicht glauben würdest, dass es passieren kann. Lass dir gesagt sein – mit den Hofmäusen stimmt etwas nicht. Mit den Hofkatzen aber auch nicht, die hängen da irgendwie mit drin. Ich brauche jetzt jemanden, der mir hilft, Katzen und Mäusen auf den Zahn zu fühlen. Wie sieht's mit dir aus, O'Nelly? Kommst du mit und hilfst mir?«

Die Ziege zögert.

»Ich würde ja gern – aber unser Auftritt kommt gleich, und da ist meine Nummer natürlich der absolute Höhepunkt! Mein Tanz über das Drahtseil! Den darfst du dir auf keinen Fall entgehen lassen.«

Ich glaub, mein Schwein pfeift! Ich suche Odette und die olle Ziege will mir hier eine Zirkusnummer aufschwatzen? Gibt's ja nicht!

»Du hast mich offensichtlich nicht ganz verstanden«, erwidere ich steif. »Für mich geht es gerade um Leben und Tod, und ob und wie du gleich über ein Seil tanzt, interessiert mich herzlich wenig.«

O'Nelly wackelt mit dem Schwanz und guckt verständnislos. »Odette können wir doch auch noch später suchen.«

Bevor ich der doofen Ziege mal richtig meine Meinung geigen kann, taucht allerdings schon Balotelli auf. Er wedelt aufgeregt mit den Armen und will offenbar sehr dringend, dass O'Nelly ihm folgt.

»Andiamo, andiamo, kommste du schnell mit! Iste schon alles aufgebaut und warten die Gäste auf meine meravigliosa Show!«

Als O'Nelly nicht gleich lossprintet, fällt Balotellis Blick auf mich.

»Ah, Winston, sähr gutt! Willste du auch wieder sein Teil von die Show? Weißte du noch – wir waren super Team in Luna Park! Erinnerst du?«

Und ob ich mich erinnere! Gegen meinen Willen musste ich in Balotellis Show im Luna Park auftreten, weil er mich mit seinem Show-Kater Bartholomäus verwechselt hatte. Von Teamarbeit kann man da wirklich nicht sprechen, ich wurde erpresst! Außerdem habe ich mir beim Sprung durch den brennenden Reifen ganz kräftig die Schwanzhaare angesengt! Allerdings ist es mir durch meine tollkühnen Undercover-Ermittlungen auch gelungen, einer Diebesbande im Luna Park das Handwerk zu legen. Aber vergangen ist vergangen, und ich habe nicht im Geringsten vor, hier und heute wieder ins Showbusiness einzusteigen.

Anstatt aber zu registrieren, dass ich einen sehr abweisenden Katzenbuckel mache und eigentlich auch schon fast auf dem Weg nach draußen bin, hebt mich Balotelli einfach hoch, setzt mich auf O'Nellys Rücken und gibt der Ziege einen Klaps auf den Po. Erschrocken macht diese einen Satz nach vorn, sodass wir auf einmal mitten im Publikum stehen, das sofort anfängt zu applaudieren. Anna und Werner lösen sich aus der Menge und kommen nach vorn, Werner streichelt mir über den Kopf.

»Winston, mein alter Freund! Also, dass du auch etwas für unsere Hochzeitsfeier vorbereitet hast, freut mich natürlich ganz besonders!« Auch Anna nickt und strahlt, die beiden sind offenbar wirklich begeistert und voller Vorfreude.

So ein Mist! Wie komme ich aus der Nummer bloß wieder raus? Ich bin zwar schwer genervt, dass mir niemand hilft, Odette zu suchen – aber meinen Werner an seiner Hochzeit zu enttäuschen? Das bringe ich auch wieder nicht übers Herz.

»Okay, O'Nelly«, flüstere ich also der Ziege ins Ohr. »Eine Nummer mache ich mit, aber dann muss ich los. Sag mir einfach, was ich machen soll.«

O'Nelly meckert fröhlich.

»That's the spirit! Sehr gut, Winston! Dein Part ist auch ganz leicht: Egal, was ich mache, bleib einfach oben. Mit good old Bartholomäus klappt das in die Show sehr gut!«

Na gut. Was der alte Bartholomäus hinkriegt, sollte ich mit Leichtigkeit schaffen. O'Nelly trabt los und Balotelli macht eine vollmundige Ansage:

»Meine Damen und Herren, Ladies and Gentlemen, Messieursdames, Signoras e Signori! Willkommen zu meiner grandiose Show, die wir hier auffuhren zu Ehre von die liebe Brautpaar Anna und Werner. Und wir starten sofort mit eine absolute Hohepunkt: Die Ziege O'Nelly wird gemeinsam mit ihre Freund, die beruhmte Kater Winston, balancieren über die Hochseil und wird dabei machen eine Salto mortale.«

Salto mortale klingt aber lustig. Was das wohl heißt? Und wie immer übertreibt Balotelli maßlos. Ich habe O'Nellys Nummer schon im Luna Park gesehen. Das Drahtseil schwebte ungefähr einen halben Meter über dem Boden und der Salto war ein kleiner Bocksprung am Ende. Nicht der Rede wert, aber als Einlage auf einer Hochzeitsfeier bestimmt ganz nett.

»Wenn Sie, verehrtes Publikum, bitte wollen gucken mit ganze Aufmerksamekeite hier!« Balotelli geht etwas tiefer in den Garten hinein, in diesem Moment flackern die Lichter von zwei Scheinwerfern auf. Den Hochzeitsgästen entfahren laute *Ohs* und *Ahs*, und während ich mich noch wundere, was die Leute denn so begeistern könnte, fällt mein Blick auch schon auf die angeleuchteten Bäume. Auf die angeleuchteten, sehr hohen Bäume. Auf die angeleuchteten, sehr hohen Bäume, zwischen deren noch höheren Baumkronen ein Drahtseil gespannt ist.

Äh, hallo? Das ist mindestens fünf Meter über der Erde! Wenn wir da runterfallen, brechen wir uns sämtliche Knochen! Das kann wohl kaum Balotellis Ernst sein!

»Hochverehrte Publikum! In Italiano, wir sagen *Salto mortale*, wenn wir wolle sagen *Todessprung*, weil ist so molto pericoloso, so gefährlich! Also O'Nelly und Winston werden sich wagen an diese sehr gefährliche Drahtseilakt und dort oben maken sie ihre sehr gefährlich Sprung.«

Ein Raunen geht durch die Menge. Mir wird flau. Ich will nicht auf dem Rücken einer Ziege einen Todessprung wagen! Warum sollte ich? Ich bin kurz davor, Vater zu werden und Verantwortung zu übernehmen für sechs kleine Kätzchen! Da scheidet so ein Unsinn für mich völlig aus!

»O'Nelly«, fauche ich, »halt an. Ich steige ab. Macht ihr mal eure Show, ich suche jetzt Odette.«

»Come on, Winston! Du kannst doch jetzt nicht kneifen! Du wirst sehen, es wird dir machen große Spaß, really! Ein Sprung dort ganz oben, das ist ein tolles Gefühl. Du wirst sehen, ich habe bei die Nummer noch nie my balance verloren, for sure! Bleib einfach oben hocken, dann passiert dir nichts. Und danach helfen dir bestimmt alle, weil – dann bist du ein echte Hero, ein Held, okidoki?«

»Ich weiß nicht. Für so einen Unsinn habe ich jetzt eigentlich keine Zeit.«

»Komm schon. Hast du nicht gesehen, wie sehr sich Anna gefreut hat? Und außerdem hat Balotelli doch die Wasserbecken aus der Hundenummer zwischen die Bäume gestellt. Also, selbst wenn etwas passiert – und es passiert garantiert nichts –, dann landest du weich.«

Heilige Ölsardine, die Ziege ist wirklich hartnäckig. Wahrscheinlich ist es das Beste, wenn ich die Nummer hier durchziehe und mich gleich danach wieder auf die Suche mache. Dann hoffentlich unterstützt durch meine Freunde.

O'Nelly läuft auf einen der Bäume zu. Jetzt erst erkenne ich, dass dort eine Art Wäschekorb mit einem Seil an einer Winde befestigt ist. Offenbar der »Fahrstuhl«, der uns zum Drahtseil transportieren soll. Der Mann, der eben gesungen hat, hämmert jetzt gnadenlos auf sein Mini-Klavier ein und erzeugt so eine Art Trommelwirbel. O'Nelly steigt tatsächlich in den Korb, Balotelli zieht uns mit dem Seil hoch. Oben angekommen, springt O'Nelly auf eine Plattform, die jemand wie ein Baumhaus in die obersten Äste geschraubt hat. Dann macht die Ziege wirklich ihre ersten Schritte auf das Seil, ich zwinge mich, nicht hinunterzugucken. Die musikalische Untermalung wird immer dramatischer, ich schließe die Augen und hoffe, dass wir bald bei dem Podest auf der anderen Seite angekommen sind.

»O'Nelly, dauert das noch lang?«, flüstere ich. »Ich fühle mich hier oben nicht ganz wohl.«

»Keine Sorge. Die Hälfte haben wir gleich geschafft. Ich zähle bis drei, dann mache ich einen Sprung. Kralle dich einfach an mir fest.«

Gesagt, getan.

»One, two, three!«, ruft O'Nelly, und dann kralle ich mich so fest, wie ich nur kann. Vielleicht ein bisschen zu fest. Denn O'Nelly zuckt zusammen, stößt einen spitzen Schrei aus – und macht dann einen so riesigen Satz, dass ich mich beim besten Willen nicht mehr halten kann. Ich werde in die Luft geschleudert und sehe noch im Fallen, dass O'Nelly tatsächlich ihr Gleichgewicht wiedergefunden hat und fest auf dem Seil steht. Doch leider nutzt mir das gar nichts, denn ich sause weiter nach unten. Und lande mit einem riesigen PLATSCH in dem Wasserbecken zwischen den Bäumen. Es ist sehr kalt. Und es ist sehr nass. Es ist einfach völlig katerunwürdig.

Für den Bruchteil einer Sekunde herrscht Stille. Dann bricht lautes Gelächter los und die Gäste fangen tatsächlich an zu applaudieren.

»Winston, die fliegende Katze!«, prustet Beate. »Dabei

dachte ich immer, Katzen seien wasserscheu. Na, Hauptsache, ich bin nicht schon wieder nass geworden!«

Ja, schönen Dank auch! Triefend klettere ich aus dem Becken und schaue mich um. Neben Anna und Werner steht Kira. Auch sie hat anscheinend gelacht. Jedenfalls macht sie keine Anstalten, mal nach meinem Befinden zu gucken. Und das, obwohl sie weiß, wie sehr ich Wasser hasse! Ich schleiche zu ihr hinüber – und dann schüttele ich mich genau vor ihren Füßen, sodass ihr die feinen Wassertropfen nur so um die Ohren fliegen.

»Iieeehhh, Winston!«, kreischt sie. »Pass doch auf! Mein schöner Rock! Ich habe mich doch extra für die Hochzeit hübsch gemacht. Was soll das denn? Willst du mir absichtlich den Abend verderben? Böser Kater!«

Böser Kater? Ich? Nein. Trauriger Kater. Das trifft es. Einsamer Kater. Das trifft es auch. Und vor allem: sehr, sehr enttäuschter Kater! Ich bin raus aus der Nummer hier. Feiert mal schön ohne mich weiter. Und ohne Kira und die anderen Gäste noch eines Blickes zu würdigen, trabe ich aus dem Garten wieder ins Haus.

Kein Verlass auf die Kollegen. Aber auf die Ponys.

Noch eine Sekunde länger und ich wäre wie ein praller Luftballon mit einem Riesenknall geplatzt!

Dass sich Frau Hagedorn, Beate und ihr Anhang und auch Babuschka nicht großartig um Odettes Verschwinden scheren, damit habe ich gerechnet. Selbst für Anna und Werner habe ich bei all dem Hochzeitsrummel – hier in die Kamera lächeln und dort eine dreistöckige Torte anschneiden – Verständnis. Aber Kira … Nein, ich komme einfach nicht damit klar, dass sie scheinbar Odette und unsere Babys vergessen hat – oder noch schlimmer: alles andere wichtiger findet.

Tief enttäuscht und noch immer in großer Sorge, habe ich also einen Entschluss gefasst: Ein Kater muss tun, was ein Kater tun muss, und zwar allein!

Ich werde mir jetzt den Anführer der Mäusegang schnappen und ihn so lange schütteln, bis er mir sagt, wo meine Odette ist. Notfalls lasse ich ihn meine Krallen spüren.

Verflixtes Kaninchenragout in der Dose, ich bin verzweifelt, und wenn man (oder Kater) verzweifelt ist, dann muss man (oder Kater) eben über seinen eigenen Schatten springen und tun, was man (oder Kater) sonst eben nicht tun würde, weil man (oder Kater) Gewalt verabscheut.

BASTA!

Im Galopp sprinte ich zum Silo zurück. Ich begebe mich in meine allerbeste Lauer-Fang-Stellung und warte.

Leider tut sich eine halbe Ewigkeit nichts. Ich warte weiterhin. Es tut sich nichts. Nicht einmal eine Biene kommt vorbeigesummt. Kein Schmetterling geflattert, kein Käfer gekrabbelt.

Ich warte geduldig weiter.

Macht das eigentlich Sinn? Hm ... nun ja, irgendwann muss ja wohl mal eine der Mäuse das Silo verlassen.

Und wenn nicht? Ewig kann ich hier nicht hocken bleiben. Außerdem geht es morgen wieder zurück nach Hamburg. Spätestens gegen Nachmittag sind die Sachen gepackt und das Landwochenende samt Traumhochzeit ist Geschichte.

Natürlich werde ich auf gar keinen Fall ohne Odette die Heimreise antreten. Niemals! Aber so allmählich kommt mir meine Aktion hier recht aussichtslos vor. Keine Maus zu sehen, nichts rührt sich. Alles ist still und friedlich.

Apropos friedlich. Vielleicht sollte ich an ganz anderer Stelle ansetzen und erst einmal herausfinden, warum die Mäuse auf Rache aus sind und deshalb ausgerechnet eine völlig unbeteiligte und vor allem unschuldige Katzendame in ihre Gewalt gebracht haben.

Genau, das ist der Weg, der womöglich direkt zu Odette

führt. Und wer kann mir in dieser Sache wohl am besten Rede und Antwort stehen? Natürlich die Katzen.

Ich flitze wie angestochen rüber zur Reithalle und liege genau richtig damit. Sir Toby und Peterle trollen sich gelangweilt auf der schmalen Tribüne hinter der Reithallenbande herum. Es ist zwar schon ziemlich finster, aber mit meinen Adleraugen habe ich sie trotzdem sofort erkannt.

»Gut, dass ich euch hier antreffe!«, maunze ich ihnen aufgeregt zu. »Ich muss nämlich dringend die Hintergründe von euch erfahren, die zu dem Streit mit den Hofmäusen geführt haben!«

Sir Tobys Gesicht verzieht sich sonderbar, während Peterle so tut, als hätte er Heringe in den Ohren.

»Hallo? Habt ihr mir gerade zugehört?«

Sir Toby leckt sich die linke Vorderpfote, Peterle rollt sich nach rechts und wendet mir somit sein dickes schwarzes Hinterteil zu.

Bei meinem Kratzbaum, haben die den Schuss nicht mehr gehört, oder was soll das eiserne Schweigen?

»Sir Toby? Peterle? Könnt ihr mir jetzt wohl mal antworten? Was soll das Getue?«

Sir Toby unterlässt das Pfötchenschlecken und sieht mich aus unergründlichen Augen an. »Interne Angelegenheiten …«, miaut er ausweichend.

»Wie bitte?«

Sir Toby macht Anstalten, das intensive Putzen fortzuführen, doch ich springe an seine Seite und baue mich direkt vor ihm auf.

Von Katzenauge zu Katzenauge fordere ich ihn auf: »Jetzt rede gefälligst nicht länger um den heißen Thunfisch herum und sag an, was Sache ist! Das mit den Interna kannst du eindeutig vergessen, denn schließlich ist es meine Freundin und die Mutter meiner zukünftigen Kinder, die darunter leiden muss. Also, Sir Toby, sprich!«

Sir Toby schüttelt den Kopf. »Tut mir leid, aber ich weiß gerade wirklich nicht, wovon du eigentlich redest«, behauptet er frech.

Ich schnappe empört nach Luft. »Was? Ich meine, was willst du mir denn jetzt bitte schön für einen falschen Bären aufbinden, hä?«

Peterle trollt sich, und Sir Toby macht Anstalten, ihm zu folgen.

Aber so geht man nicht mit Winston Churchill um. Nur damit das gleich mal klar ist.

»Halt! Ihr bleibt gefälligst hier! Beide!«, rufe ich und springe Peterle direkt vor die flüchtenden Katerpfoten. »Ich will das jetzt wissen. Auf der Stelle!«

»Frag doch die Mäuse«, murmelt Peterle ausweichend.

»Ich soll bitte schön was?«

»Die Mäuse fragen. Die haben schließlich deine Odette entführt, nicht wir.«

Während ich noch fassungslos um eben genau diese ringe, also meine Fassung, startet Peterle durch und sprintet links an mir vorbei aus der Reithalle hinaus. Ich starre ihm sprachlos hinterher und bin deshalb kurz unachtsam. Sir Toby, den ich bislang für einen ehrwürdigen Kater gehalten habe, nutzt den Moment und schießt rechts an mir vorbei – ebenfalls aus der Reithalle hinaus.

»Das glaube ich nicht!«, rufe ich ihnen hinterher. »Was seid ihr bloß für eine Schande für die Gattung der Katzen. Schämt euch. Bodentief und für alle Zeiten!«

Doch die beiden scheren sich einen feuchten Hering um meine Fassungslosigkeit und verschwinden hinter dem langen Stalltrakt.

Ich überlege, ob ich ihnen folgen sollte, und zwar so lange, bis sie mir endlich sagen, was hier eigentlich gespielt wird. Ich könnte platzen. JAWOLL! Erst suchen sie ewig lang mit mir zusammen nach Odette, schleichen sich sogar in die olle Hütte dieses Jägers, dabei wissen sie längst, dass meine allerliebste Odette von den Mäusen entführt wurde. Unverschämtheit. Mies und fies noch dazu!

Dennoch, ich folge ihnen dann doch nicht. Sie werden mir eh nicht die Wahrheit sagen. Und wenn ich sie richtig in die Mangel nehme, sie werden es mir nicht sagen. Oha, was für eine schlimme Geschichte haben die Hofkatzen bloß verbrochen, dass sie damit anscheinend nicht nur einen Krieg mit den Hofmäusen heraufbeschworen haben, sondern sich dafür abgrundtief schämen?

Ich brauche Antworten. Unbedingt. Nur von wem? Wer kann mir sagen, was hier läuft, damit ich endlich, endlich meine Odette finden und befreien kann?

»Hüüüüüüüüaaahhhh«, dringt es aus dem Stall zu mir vor. »Wiiiiiiiiehhhhhhaaaaaa!«

Pferde, verdammter Dosenöffner, ich kann diese Hufträger echt nicht ausstehen. Schließlich sind sie nicht ganz unschuldig daran, was mit Odette geschehen ist. Wenn Kira sich von ihnen nicht hätte ablenken lassen, dann …

Winston, hör auf, rufe ich mich selbst zur Ordnung. Es bringt nichts, immer wieder über das Wenn und Aber zu grübeln und sich darüber zu ärgern. Du musst endlich handeln.

»Prrrrrrrrr, hey, Winston, hast du inzwischen deine Freundin gefunden?«

Bulli steht am Gatter und starrt mich mit Augen wie Wagenräder an.

»Sehe ich so aus?«, muffele ich zurück.

»Oha, warum gleich so grantig, Stadtkater? Was habe ich dir getan?«

Nichts! Oder noch schlimmer, er hat sogar versucht, mir bei der Suche nach Odette zu helfen.

Ich laufe langsam auf ihn zu. Springe elegant auf den Gatterposten und blicke ihn prüfend an. Sind Pferde wirklich so doof und ungebildet, wie ich es bisher angenommen habe? Weil sie sich aufzäumen und satteln lassen und sich dann kreuz und quer von einem Menschen, der nicht annähernd über so viel Kraft wie sie selbst verfügt, durch eine Reithalle jagen lassen?

»Bulli, ich frage jetzt einfach mal direkt und ohne Umschweife. Weißt du, was hinter der Fehde zwischen den

Hofkatzen und Hofmäusen steckt?« Okay, okay, mit einer Antwort rechne ich nicht wirklich. Zumindest mit keiner, die mir auch nur im Ansatz weiterhelfen kann. Aber die Hoffnung stirbt bekanntlich zuletzt.

»Ja, natürlich! Jeder weiß das!«, behauptet Bulli. »Sogar Wally. Und ich kann dir sagen, der bekommt eher nicht so richtig mit, was abgeht.«

Ich schlucke schwer. »Verrätst du es mir?«, höre ich eine dünne Stimme krächzen, die sich kaum nach meiner anhört. Da sie aber aus meinem Mund gekommen ist, gehört sie wohl tatsächlich mir.

Bulli nickt. »Wenn es dir bei deiner Suche nach deiner Freundin weiterhilft, logisch!«, erklärt Bulli.

Ich schaue ihn abwartend an. Kommt da jetzt noch was? Sagt er es mir jetzt? Mannomann, was für ein unfassbar verzwacktes und unschönes Wochenende auf dem Land ist das bisher eigentlich gewesen!

»Bulli? Verrätst du es mir?«, wiederhole ich mich. »Jetzt?«

Bulli schnaubt feucht. Einige Spritzer erwischen mich direkt auf der Stirn, aber ich bleibe gelassen – zumindest äußerlich. Das Pony soll reden, muss reden. Jetzt!

»Vor vielen, vielen Jahren, als Oma Gertrude, die Oma der Schulze-Naumanns, noch ein kleines Mädchen war«, fängt Bulli schließlich an zu reden, und ich mache mir ernsthaft Sorgen, dass das Pony jetzt meint, es sei Zeit für die Märchenstunde.

»Bulli«, unterbreche ich ihn deshalb nicht gerade charmant. »Kannst du bitte auf den Punkt kommen?«

Bulli rümpft die Nüstern. »Nichts anderes tue ich«, behauptet er. »Aber, wenn du es nicht wissen willst, bitte, ich kann meine Zeit auch sinnvoller verbringen.«

Mist! Jetzt ist das Pony beleidigt. Wenn ich nicht ganz schnell einlenke, dann dreht es mir womöglich unwiderruflich das dicke Hinterteil zu, und ich bin genauso klug wie vorher.

»War nicht so gemeint, Bulli, echt nicht. Es ist nur so, ich mache mir so schreckliche Sorgen um Odette und die Babys und irgendwie habe ich das Gefühl, niemanden interessiert das Schicksal meiner Freundin. Selbst meine Menschen nicht, Kira und Werner und auch Anna, die ich wirklich mag und die auch mich mögen und natürlich auch Odette – zumindest habe ich das bis vor Kurzem angenommen. Auf jeden Fall ist ihnen dieser ganze Landhochzeitsquatsch tausendmal wichtiger als meine Odette und die Babys, und das macht mich wirklich, wirklich langsam, aber sicher …«

»… stinkstiefelstinkig!«, beendet Bulli den Satz für mich. »Und weißt du was, Winston, ich verstehe dich sehr gut. Mich würde das auch ärgern. Und verletzen. Absolut. Aber womöglich gehen die alle davon aus, dass sich deine Freundin einfach nur in irgendeine stille Ecke verzogen hat, um ganz in Ruhe ihre Babys zu bekommen. Fast alle Katzen machen das hier so, und ich schätze, deine Leute meinen es nicht einmal böse. Sie denken, du bist völlig überdreht und mit Odette ist alles gut. Ich habe sogar mitbekommen, wie Kira so etwas in der Art zu Lucas gesagt hat.«

»Echt?«, staune ich.

Bulli nickt. »Die verstehen deine Panik nicht, denn sie ahnen nichts davon, dass Odette tatsächlich in Gefahr ist.«

»Aber …« Ich bin baff. Normalerweise klappt das doch ganz hervorragend mit der Verständigung zwischen Kira und mir. Und außerdem hat sie doch anfangs sogar geholfen, nach Odette zu suchen. Warum meint sie nun auf einmal, ich spinne und bilde mir nur ein, dass Odette in Gefahr ist?

»Als die beiden darüber geredet haben, da ist zufällig Herr Schulze-Naumann vorbeigekommen. Er hat dann zu Kira gesagt, dass es völlig normal sei, dass Odette in irgendeiner geheimen Ecke ihre Babys zur Welt bringen würde. Das machten alle Katzen so. Daraufhin war Kira richtig erleichtert und hat gesagt, dann würde sie jetzt sofort dafür sorgen, dass Odette auch ihre gewünschte Ruhe bekommt.«

So ist das also. Deshalb hat sie mich gezwungen, mit zur Trauung zu kommen und anschließend auch zum Essen und den anderen Feierlichkeiten. Kira wollte mich ablenken, um Odette vor meinen flattrigen Nerven zu retten. Sie hat es nicht böse, sondern gut gemeint.

Ein warmer Schauer überkommt mich, weil ich so froh bin, dass ich nicht enttäuscht von meiner Kira sein muss. Doch dann kehren meine Gedanken sofort wieder zu Odette zurück.

»Also, was ist passiert, als diese Oma Gertrude noch ein kleines Mädchen war?«, fordere ich Bulli auf weiterzureden.

Bulli schnaubt und schüttelt eine lästige Fliege von seinem Hals, bevor er loslegt. »Auf dem Hof hat zu dem damaligen Zeitpunkt ein wildes Durcheinander geherrscht. Jeder gegen jeden und fressen und gefressen werden, lautete die Devise. Doch dann hat sich ein finsterer Jäger hier in die Gegend verirrt, der es ganz besonders auf die Katzen des Hofes abgesehen hatte. Einige sind ihm damals zum Opfer gefallen, es war wirklich schlimm. Erst waren die Mäuse heilfroh, doch dann hat er auch Jagd auf sie gemacht. Am Ende war klar, dass sie nur gemeinsam gegen den fiesen Jäger vorgehen konnten, und so ist es ihnen dann auch gelungen, den Schuft zu vertreiben. Daraus ist dann der Revierschutz entstanden, der viele, viele Jahre angedauert hat.« Bulli schnappt nach Luft und ich nutze die Pause für eine Frage.

»Hat das Ganze etwas mit dem Jäger zu tun, der neulich auf Pat und Patachon geschossen hat?«

Bulli wiegt den Kopf nachdenklich hin und her. »Sieht fast so aus. Aber Genaueres weiß ich nicht. Nur eben, dass die Katzen den Revierschutz für hinfällig erklärt haben. Deshalb schlagen die Mäuse jetzt zurück.«

»Mit meiner armen und völlig unschuldigen Odette als Geisel«, kombiniere ich.

Bulli nickt. »Sieht leider so aus.«

»Und nun?«, frage ich das schwarze Pony mit den Murmelaugen. »Hast du eine Idee, was ich tun kann, um Odette aus der Gewalt der Mäuse zu bekommen?«

Bulli nickt. »Ja! Du musst die Katzen dazu bringen, sich

bei den Mäusen zu entschuldigen, damit sie ein weiteres Mal den Jäger gemeinsam vertreiben und sich dann wieder an ihre Vereinbarung halten.«

»Und du meinst, dann lassen sie Odette frei?«

Bulli nickt. »Das schätze ich nicht nur, ich bin mir sicher.«

Okay, und wie bitte schön soll ich das anstellen?

Ein Freund, ein guter Freund …

Ich finde Sir Toby dort, wo er sich augenscheinlich die meiste Zeit seines dörflichen Lebens aufhält: hinter der Bande in der Reithalle. Er hockt dort herum und starrt vor sich hin.

»Sir Toby, gut, dass ich dich hier treffe. Ich muss mit dir reden!«, komme ich sofort auf den Grund meines Besuches zu sprechen.

In wenigen und sehr präzisen Sätzen schildere ich ihm, was Bulli mir gerade erklärt hat, und fordere ihn anschließend auf, seine Fehde mit den Hofmäusen augenblicklich zu beenden, und zwar, indem er sich entschuldigt.

Doch hatte ich gehofft, der alte Zausel würde sich einsichtig zeigen, so hatte ich mich selbst in die Schwanzspitze gebissen.

»Vergiss es, Winston Churchill aus der Großstadt Hamburg!«, blafft er mich grob an. Ich weiß zwar nicht, was mein Wohnort mit meiner eindringlich vorgetragenen Bitte zu tun hat, aber ich beschließe, nicht näher darauf einzugehen. Stattdessen bin ich an einem Punkt angekommen, der mich schier verzweifeln lässt. Nur deshalb verlege ich mich aufs Betteln.

»Sir Toby, ich flehe dich an, wenn schon nicht meinetwegen, was ich wirklich verstehen kann, dann tu es doch bitte für Odette und unsere Babys. Keiner von ihnen hat irgendetwas mit eurer Fehde zu tun, und es ist wirklich, wirklich unfair, dass meine Herzallerliebste darunter leiden muss.«

Sir Toby will sich abwenden, doch ich versperre ihm mit einem eleganten Sprung direkt vor seine Pfoten den Weg.

»Du bleibst hier!«

Vertrocknete Makrele, mir läuft so allmählich die Zeit davon. Zumal ich befürchte, dass Odette längst unsere Babys zur Welt gebracht hat – und zwar in Gefangenschaft und mutterseelenallein. Und warum das alles? Wegen dieses Streits, der da zwischen den Katzen und Mäusen des Hofes herrscht und mit dem wir so was von überhaupt nichts zu tun haben.

»Sir Toby, ich hab es im Guten versucht, ich habe dich sogar angefleht, aber was genug ist, das ist mehr als genug. Du trippelst jetzt auf der Stelle zu deinen Kumpaninnen und Kumpanen und dann klärt ihr das mit den Mäusen. Sonst, sonst …«

Ja, was sonst? Das überlege ich mir später. Also dann, wenn er nicht tut, was ich von ihm verlange.

»Okay, ich denke darüber nach«, sagt er schließlich.

Darüber nachdenken ist eindeutig ein Schritt in die richtige Richtung. Doch für mich, also in meiner momentanen Situation, ein viel zu kleiner.

»Ich warte«, maunze ich und blicke ihn weiterhin sehr eindringlich und sehr auffordernd an.

Sir Toby schüttelt den Kopf. »So funktioniert das nicht. Also, wenn du mich dabei die ganze Zeit anstarrst.«

Ich drehe mich um. Allerdings nur für den Hauch eines Augenblicks. Dann schnelle ich in meine vorherige Position zurück. »Und? Bist du fertig?«

Sir Toby seufzt genervt. »Nein, ich habe noch nicht einmal angefangen.«

Heilige Ölsardine, wie kann man nur so langsam im Denken sein! Zumal er doch von sich behauptet, er sei von erstklassiger und hochintelligenter Katerherkunft. Wenn ich ehrlich bin, dann ist an Sir Toby nur eins erstklassig: das Sir vorm Toby. Alles andere ist eindeutig Dorfkater. Aber ich muss mich zurückhalten und darf ihn auf gar keinen Fall verärgern. Sonst wird das nichts mit dem Nachdenken – so gut kenne ich den ziemlich ungepflegten Kerl inzwischen.

Irgendwo in der Ferne knallt es. Erschrocken zucke ich zusammen, während Sir Toby – ich fasse es nicht – wie angestochen davonsprintet.

»Halt! Bleib hier!«, rufe ich ihm hinterher, da ertönt ein weiterer ohrenbetäubender Knall.

Mir ist natürlich klar wie Kaninchenragout, dass es sich bei dem Knall um einen Schuss aus einem Jagdgewehr handelt. Und wer hier wie ein wild gewordener Dorfcowboy herumballert, das weiß ich auch. Doch Angst habe ich nicht. Zumindest nicht um Odette, denn in der baufälligen

Hütte, die dieser Jägerhalunke sein Zuhause nennt, war ja zum Glück weit und breit nichts von Odette zu sehen.

Außerdem habe ich ja inzwischen herausgefunden, dass die Mäuse meine Herzallerliebste festhalten. Und eigentlich war ich gerade im Begriff, dafür zu sorgen, dass sie endlich, endlich freigelassen wird. Nur leider hat Sir Toby den kurzen Augenblick meiner Unaufmerksamkeit genutzt und sich aus dem Staub gemacht.

Verflixter Dosenöffner, ich hab nicht einmal gesehen, in welche Richtung er weggesprintet ist. Nur seinen Staub durfte ich schlucken, den er in einer gewaltigen Wolke hinterlassen hat.

Eine Weile lang tapere ich auf dem Hof herum und suche nach Sir Toby oder einer der anderen Hofkatzen. Doch sie scheinen sich in Luft aufgelöst zu haben.

Der Jäger hat inzwischen die Knallerei wieder eingestellt. Ich bin zwar stinkwütend auf die vier Hofkatzen, doch ich hoffe, dass es keine von ihnen erwischt hat.

Wenn ich nicht voll und ganz damit beschäftigt wäre, meine wunderschöne Odette zu retten, dann würde ich mir diesen Miesfiesling mal vornehmen und ihm für alle Zeiten den Spaß am Herumballern verderben. Irgendetwas würde mir gewiss einfallen.

Doch der Zeitpunkt ist mehr als ungünstig und mich nerven diese erfolglose Sucherei, die ewigen Gespräche mit Katzen, Ponys und Mäusen inzwischen gewaltig, weil nichts, und zwar absolut gar nichts bisher zum Erfolg geführt hat.

Meine Gedanken gehen zurück und bleiben plötzlich bei Fred hängen. Bulli meinte zwar, der Schlüssel zu allem seien die Katzen, also dass sie sich bei den Mäusen entschuldigen sollten, damit die dann Odette rausrücken, doch ich habe lange genug auf Sir Toby eingeredet, und er hat nicht den Funken von Einsehen gezeigt. Die Sache mit den Katzen war also eine Sackgasse.

Aber Fred …

Plötzlich bin ich wie elektrisiert. Jetzt weiß ich endlich, was zu tun ist, was ich zu tun habe.

Energiegeladen bis in die Schwanzspitze, düse ich los. Ich sprinte über den Hof, an der Reithalle vorbei, am Silo vorbei, an den ersten Feldern vorbei und dann habe ich den Acker erreicht, unter dem sich das Zuhause von Fred und seiner Familie befindet.

»Fred! Freeed! Ich brauche ganz dringend deine Hilfe!«, maunze ich so laut, dass es im Umkreis von mindestens sieben bereits abgeernteten Ackern zu hören ist.

»FRED!!! Zeig dich! Ich schwör dir, ich brüll hier so lange herum, bis jede Katze im nahen und weit entfernten Umkreis weiß, wo du wohnst! Also komm aus deinem Loch, sonst …«

»Hör auf!«, piepst es beschwörend neben mir. »Lass das sofort sein. Oder willst du tatsächlich, dass jeder weiß, wo ich wohne?«

Ich nicke. »So, wie ich es gerade gesagt habe! Wenn du nicht mitspielst, dann spielen demnächst sämtliche Katzen mit dir«, drohe ich ihm erneut.

Fred schlägt vor lauter Aufregung wilde Purzelbäume in der Ackerrinne.

»Was … was willst du von mir?«, krächzt er. »Ich dachte, unsere Wege hätten sich getrennt, als du …«

»Vergiss es!«, falle ich ihm ins Wort. »Odette ist noch immer verschwunden und ich habe wirklich alles, alles versucht. Aber jetzt ist meine Geduld zu Ende und deshalb wirst du mich auf der Stelle zu dem Anführer dieser Hofmäuse-Gang führen. SOFORT!«

Fred japst nach Luft.

»Niemals!«, keucht er. »Dann bin ich für alle Zeiten geliefert! Mit der Hofmäuse-Gang ist wirklich nicht zu spaßen. Erst recht nicht mit dem Anführer.«

Ich starre ihn finster an. »Falsch, Fred, wenn du nicht augenblicklich tust, was ich von dir verlange, dann bist du in der nächsten Sekunde schon für alle Zeiten geliefert!«

»Wie jetzt, du willst mich fressen?«

Ich nicke. Wobei, nun ja, ich schätze, dazu könnte ich mich nur schwer überwinden. Aber ich bin bereit, meine Krallen auszufahren und ihm einen ordentlichen Schlag zu verpassen, von dem er sich bestimmt nie wieder erholt.

»Ich dachte …«, wispert Fred, »wir sind Freunde?«

Ich nicke. Wobei es sich schon komisch anhört, bei Katze und Maus von Freundschaft zu sprechen. »Ja, so könnte man das wohl nennen«, räume ich dennoch ein.

»Und du würdest tatsächlich einen Freund fressen?«

»Und du verweigerst tatsächlich einem Freund deine Hilfe?«, kontere ich.

»Es bleibt mir leider nichts anderes übrig, denn ich muss meine Fami–«

Weiter kommt Fred nicht. Mit einem gewaltigen Satz hüpft eine ihm sehr ähnlich sehende Maus aus dem Loch hervor und baut sich vor ihm auf.

»Fred, sag einmal, habe ich das gerade richtig verstanden?« Die Maus ist ungefähr doppelt so dick wie Fred. Wie sie ihn nun anstarrt, leicht vorwurfsvoll, ahne ich sofort, dass es sich nur um Freds Frau handeln kann. »Winston bittet dich eindringlich um Hilfe und du verwehrst sie ihm?«

Soso, dann hat er seiner Liebsten wohl von mir erzählt. Anders kann es nicht sein, sie kennt meinen Namen, und ich habe mich ihr nicht vorgestellt.

»Aber Mausi, ich muss euch doch beschützen, dich und die Kleinen«, verteidigt Fred sich.

»Papperlapapp«, herrscht sie ihn an. »Jetzt sei gefälligst eine Maus und hilf deinem Freund, seine geliebte Frau zu finden und zu befreien. Das geht ja wohl gar nicht, dass du immer die Kinder und mich vorschiebst. Ich bin sehr wohl in der Lage, auf uns aufzupassen.«

Verteufelter Heringssalat, Freds Mausi kocht fast über vor Ärger. Unter ihren zornigen Blicken schrumpft Fred regelrecht in sich zusammen.

»Ich hab es nur gut gemeint«, murmelt er.

»Geh jetzt!«, wird er jedoch von ihr angeblafft.

Oha, Fred scheint nicht unbedingt derjenige in seinem Bau zu sein, der das Sagen hat. Aber mir ist das momentan mehr als recht, denn endlich tut Fred das, was ich schon die ganze Zeit von ihm will.

»Dann lass uns gehen, Winston«, wispert er geknickt und trippelt los.

»Ich zähl auf dich, Fred«, ruft Elisa ihm hinterher. »Und ich weiß, du schaffst das. Sei eine Maus, Fred, sei eine stolze und mutige Maus, damit deine Mausi auch stolz auf dich sein kann!«

Maunz. Das war ja mal eine Ansage. Auf jeden Fall eine sehr wirkungsvolle. Durch Freds eben noch so laschen Körper geht ein Ruck und er wächst förmlich über sich hinaus.

»Weißt du, Winston, meine Frau hat recht. Ich bin schon viel zu lange nur eine einfache und schnell weghuschende Feldmaus gewesen. Dabei hätte ich locker das Zeug zur Hofmaus. Und genau das, alter Katerkumpel, werde ich jetzt Philomenus auch so sagen. Basta!«

»Philomenus?«

»Der mächtige und brandgefährliche Chef der Hofmäuse«, erklärt Fred mir. »Du solltest dir ein gutes Argument überlegen, wie du ihm deine Odette abschwatzen kannst.«

Ich starre ihn an und dann kann ich mir ein Lachen nicht länger verkneifen. Auch wenn die Situation bestimmt nicht lustig ist.

»Fred, lieber Mäuserich, dir ist aber schon klar, dass ich eine sehr kräftige, durchtrainierte und große Katze bin und dieser Mäuse-Chef lediglich eine Maus? Mit Betonung auf Maus. Sprich: sehr klein und nicht im Ansatz dazu in der Lage, mich zu überwältigen.«

Freds linkes Augenlid zuckt sonderbar. »Es ist ihm gelungen, deine Odette zu überwältigen. Soweit ich gehört habe, aber das können auch alles nur Gerüchte sein, ist sie weitaus besser trainiert als du, werter Katerfreund.«

Hallo? Wie bitte? Odette ist hochschwanger, ich nicht. Wie kann sie da wohl besser trainiert sein?

Okay, okay, zugegeben, Odette ist ein Kind der Straße, eine Großstadtkatze, die nicht wie ich abends in ihr weiches Körbchen sinkt. Allein deshalb ist sie mit sämtlichen Wassern gewaschen, und wenn es diesem Philomenus gelungen ist, sie zu überwältigen, dann muss es sich bei ihm tatsächlich um ein sehr außergewöhnliches Exemplar von einer Maus handeln.

Dennoch bin ich mir sicher, dass ich ruckzuck mit ihm fertigwerde … ähm, meine geliebte Odette aus seinen winzig kleinen Mäusepfötchen befreien werde.

Maunz!

Ein genialer Trick.

Nun halte ich mich bereits seit fast drei sehr langen und qualvollen Tagen hier auf dem Hof der Familie Schulze-Naumann auf und eigentlich habe ich gedacht, ich hätte so ziemlich alles gesehen. Doch diese Halle ganz am Rande des Hofes, verdrehter Heringshappen, die ist mir bisher irgendwie nicht aufgefallen.

Mag daran liegen, dass die Sicht darauf durch diverse Nutzfahrzeuge verstellt ist. Aber eigentlich ist das momentan auch völlig Schmierkäse. Was zählt, ist, dass Fred Wort gehalten hat und mich tatsächlich zu dem Ort geführt hat, an dem meine geliebte Odette festgehalten wird.

Ich husche in die Halle, die echt hoch ist. Fred deutet mit dem linken Pfötchen auf einen der breiten Dachbalken, die von innen sichtbar sind.

»Da müssen wir rauf«, meint er.

»Ziemlich hoch«, stelle ich fest. »Wie sollen die Mäuse meine Odette dort hochbekommen haben?«

Fred zuckt mit den Schultern. »Das habe ich ja gar nicht behauptet. Nur eben, dass sich dort oben der Chef meistens aufhält, und ich denke, dass es am besten ist, wenn du erst einmal ganz in Ruhe mit ihm verhandelst.« Fred senkt die Stimme und bedeutet mir, dass er mir etwas zuflüstern möchte.

»Was denn?«

»Komm näher!«

Ich beuge mich zu ihm herunter und Fred flüstert los. »Also, ich habe mir Folgendes überlegt. Du kletterst dort hinauf und gibst dich als Sprecher der Hofkatzen aus. Du kannst ja sagen, dass Sir Toby sich die Pfote verstaucht hat oder so. Dann entschuldigst du dich in aller Form bei den Mäusen und anschließend lassen sie Odette frei.«

Ich bin baff. Gar nicht mal der schlechteste Plan, das muss ich schon zugeben. So viel Ideenreichtum hätte ich der Feldmaus überhaupt nicht zugetraut.

»So machen wir es. Und anschließend kommst du mit zu den Katzen und gibst dich als der Sprecher der Mäuse aus.«

Fred bekommt große Augen. »Nee, das werde ich bestimmt nicht tun. Die fressen mich doch auf, bevor ich überhaupt Hi sagen kann.«

»Blödsinn. Ich begleite dich doch. Du stehst sozusagen unter meinem persönlichen Schutz.«

Fred bleibt skeptisch, und ich beschließe, jetzt mal flugs die Sache mit diesem winzigen Chef der Mäusegang zu klären.

Elegant bin ich auf einen der Balken gehüpft.

»Pass bloß auf, Winston«, höre ich Fred unter mir flüstern. »Mit Philomenus ist nicht zu spaßen.«

Heilige Ölsardine, Fred glaubt tatsächlich, dass eine kleine Piepsmaus, und wenn er sich zehnmal Anführer nennt, es ernsthaft mit mir aufnehmen könnte.

Ja, klar, es ist den Mäusen irgendwie gelungen, Odette auszutricksen und nun gefangen zu halten. Aber eben nur mithilfe eines Tricks. Davon bin ich überzeugt. Mit reiner Körperkraft wäre das nämlich absolut unmöglich gewesen. Deshalb schenke ich auch Freds Warnung keine weitere Bedeutung und springe hinauf auf den Balken, von dem Fred behauptet hat, dass ich dort auf den legendären Philomenus treffen werde.

Außer jeder Menge Spinnweben ist hier nichts zu sehen. Der angeblich so gefährliche Mäusechef traut sich scheinbar nicht aus seinem Versteck heraus. Nun gut, eigentlich habe ich mit nichts anderem gerechnet. Eine Maus, die es mit einer Katze aufnehmen kann – so etwas gibt es nur im Märchen.

Hinter mir raschelt es. Dann erklingt eine echt gruselige Reibeisenstimme.

»Komm schon her, du mickriger, kleiner Kater! So was wie dich fresse ich jeden Morgen zum Frühstück. Und dann bin ich nicht mal satt!«

Heilige Ölsardine! Vor mir auf dem Dachbalken sitzt ein Monster mit funkelnden giftgelben Augen und faucht mich an! Es ist gigantisch groß – mindestens doppelt so groß wie mein dicker Katzenfreund Spike und noch mal doppelt so breit. Ich bin wirklich ein ausgesprochen mutiger Kater, aber gerade jetzt sträuben sich bei mir alle Haare von der Schwanzspitze bis rauf zu den Ohren. Das Monster fletscht seine Zähne, vier riesige Schneidezähne blitzen auf. Schätze mal, damit kann es ganz schön fest zubeißen. Unsicher weiche ich einen Schritt zurück. Wo ist dieser Philomenus? Und warum taucht hier so ein echt furchterregendes Monstrum auf? Hat Fred mich etwa in eine Falle gelockt?

Beruhig dich, Winston, und verlier jetzt bloß nicht die Balance. Immerhin schwebt der Balken, auf dem wir uns befinden, mindestens fünf Meter über dem Boden!

»Na, machst du dir vor Angst schon in die Hosen?«, höhnt das Monster. »Kein Wunder. Gegen mich hast du auch überhaupt keine Chance. Hau am besten ab. So schnell du kannst und so weit weg, wie du kannst. Sonst mach ich Hackfleisch aus dir!«

Das klingt nicht gut. Also – nichts gegen Hackfleisch an sich! Wenn unsere Haushälterin Anna mir feinstes Beeftartar mit einem Hauch Petersilie serviert, bin ich damit selbstverständlich sehr einverstanden. Ich selbst möchte aber nicht zu selbigem verarbeitet werden, ich glaube nämlich, Frikadelle steht mir nicht. Andererseits: einfach den Schwanz einkneifen? Ich? Winston Churchill? Der schlauste und mutigste Kater der Welt? Auf gar keinen Fall! Ich habe mit einer Maus gerechnet und nun ist da stattdessen ein Monster. Ich schätze, wenn ich dem Kerl erkläre, dass ich gar nicht zu ihm will, dann ist die Sache hier flugs erledigt.

»Ähm, ich glaube, das ist hier ein kleines Missverständnis, mein Herr. Ich suche überhaupt keinen Streit und erst recht nicht Sie, sondern den Chef der Mäuse. Wobei, eigentlich suche ich meine Herzallerliebste. Odette. Auffallend schöne weiße Katze. Haben Sie sie vielleicht irgendwo gesehen?«

Jetzt ist es das Monster, das einen Schritt zurückweicht. Offenbar muss es überlegen und das kann es wohl nicht so gut, wenn es geifernd direkt vor meiner Nase steht.

»Meinst du vielleicht so ’ne fette Langhaarige? Kurzatmig? Schnauft ganz schön bei jedem Schritt?«

Heilige Ölsardine! Spricht der etwa so über meine Odette? Was für eine Frechheit! Allein dafür müsste ich ihn schon zum Duell fordern. Gut, sie hat um die Hüften ein bisschen zugelegt – aber dafür gibt es schließlich einen guten Grund! Ach, was sage ich: den besten Grund überhaupt!

»Odette ist nicht fett. Sie ist wunderschön!«, fauche ich das Monster an. »Also, hast du sie jetzt gesehen oder nicht? Ich will eine Antwort, und zwar zackig! Ansonsten gib den Weg frei, denn wie bereits erwähnt, eigentlich habe ich gehofft, hier oben auf diesen Philomenus zu treffen.«

Aber anstatt zu antworten, macht das Monster einen riesigen Satz nach vorn und haut mit seinen Pranken ganz fest auf meine empfindliche Nase. Ein stechender Schmerz fährt mir durch den gesamten Körper, ich verliere das Gleichgewicht und kann mich auf dem Holzbalken nicht länger halten. Noch im Fallen registriere ich, wie das Monster irgendjemandem, der unten stehen muss, ein Zeichen gibt. Dann wird mir schwarz vor Augen …

Verteufelte Heringshappen!

Als ich wieder zu mir komme, hat sich jemand über mich gebeugt.

»Winston, Liebster …« Odette. Meine wunderschöne, mutige, einzigartige Odette.

Bin ich zu spät gekommen? Sind wir tot und treffen nun im Katzennirwana endlich wieder aufeinander?

Es ist schon sehr bedauerlich, dass ich nicht mehr auf Erden weile, aber andererseits, wenn ich dafür endlich wieder mit meiner Liebsten zusammen sein kann, dann ist es mir recht.

Okay, Kira wird sehr traurig sein. Und Werner auch. Anna bestimmt ebenfalls. Beate jedoch, da bin ich mir ziemlich sicher, die wird einen kleinen Freudentanz vollführen und …

»Winston, kannst du aufstehen? Oder hast du dir etwas gebrochen?«

Ich schüttele den Kopf. Soweit ich mich mit dem Katzennirwana auskenne, kommt man dort ohne jegliche Verletzungen an. Quasi wie neu. Deshalb wundert es mich jetzt schon etwas, dass mein Hinterteil ordentlich schmerzt.

»Ich bin von einem riesigen Monster ins Nirwana befördert worden«, erkläre ich Odette. »Ich war sozusagen chancenlos und …«

»Winston, Liebster, was redest du denn da? Wir sind nicht im Nirwana, sondern auf dem Hof der Schulze-Naumanns. Die Mäuse haben mich in ihre Gewalt gebracht … und dich jetzt auch.«

Ruckartig schieße ich in die Höhe, und tatsächlich, wir sind umzingelt. Von Mäusen. Von vielen, sehr vielen Mäusen. Unendlich vielen Mäusen sogar. So viele habe ich noch nie auf einem Haufen gesehen. Von dem Monster ist jedoch keine Spur mehr zu sehen.

»Was geht hier vor?«, zische ich Odette zu.

»Die Mäuse sind sauer auf die Katzen … Aber sie waren gut zu mir. Du musst dir keine Sorgen machen, Winston, mir geht es wirklich gut.«

Ich schaue von den Mäusen zu Odette und dann wieder zu den Mäusen und endlich fällt mir wieder ein, was ich eigentlich geplant hatte – also bevor dieses gemeingefährliche Monster wie aus dem Nichts vor mir aufgetaucht ist.

»Ich bin im Auftrag der Katzen hier und soll mich in aller Form bei euch entschuldigen. Sie bereuen ihren Fehler und schwören, dass es nie wieder vorkommt.« Ich weiß zwar nach wie vor nicht, was die Katzen eigentlich Schlimmes verbrochen haben, aber ich tu so.

Anscheinend kaufen sie es mir ab, denn unter den Mäusen geht das Getuschel los. Es entfacht ein wahres Piepskonzert um uns herum.

»Ich bin so stolz auf dich, Winston, dass du den Hofkatzen klarmachen konntest, dass sie sich ziemlich mies verhalten haben«, wispert Odette mir leise zu. »Ich jage ja auch gerne, wie du weißt, aber an Vereinbarungen muss man sich halten. Besonders dann, wenn sie einst getroffen wurden, um gemeinsam gegen einen echten Fiesling von Mensch vorzugehen.«

Ich verstehe tatsächlich nur Bahnhof. Doch wenn ich die richtigen Worte gefunden habe und damit meine Odette befreien konnte, dann ist doch alles palletti.

»Lass uns von hier verschwinden, Odette«, fordere ich sie auf. »Komm schon. Schnell zurück in Kiras Zimmer, bevor dieses Monster zurückkommt.«

»Monster?«

»Ja, das Riesenvieh, das mich von dem Dachbalken gefegt hat.«

Odette starrt mich verständnislos an. »Das war kein Monster, sondern Philomenus. Er hat ja nicht gewusst, dass du im Auftrag der Hofkatzen kommst und dich entschuldigen willst.«

»Unsinn!«, gebe ich zurück. »Es war groß und gefährlich und echt stark.«

»Alles eine Frage von Licht und Schatten und Hall und Schall in so einer hohen Halle wie dieser hier«, erklärt mir Odette.

Verflixte Blechdose, dann hat mich tatsächlich gerade eine winzig kleine Maus zu Fall gebracht? Ich fasse es nicht und hoffe inständig, dass sich das nicht herumspricht.

»Wie auch immer«, brumme ich. »Lass uns jetzt endlich von hier verschwinden.«

Boah, ist mir das gerade peinlich.

»Winston, Schatz, sei nicht geknickt. So haben sie es auch geschafft, mich zu überlisten. Die Mäuse hier auf dem Hof sind wirklich ziemlich klug.«

Eine davon baut sich jetzt auch direkt vor uns auf und

sagt: »Ich bin Philomenus. Der Chef hier. Sorry, dass ich dich vom Balken gefegt habe. Konnte ja nicht ahnen, dass du als Unterhändler kommst. Aber jetzt ist die Sache natürlich ganz anders. Richte deinen Leuten also aus, dass wir uns unsererseits ab sofort auch wieder an die Vereinbarung halten und weder das Gutshaus, noch die Reithalle betreten werden, wenn sie sich dafür vom Silo und der Halle fernhalten.«

»Abgemacht!«, sage ich schnell und will dann mit Odette verschwinden.

Mir doch egal, was hier demnächst wieder abgeht, wenn die begreifen, dass ich sie nur ausgetrickst habe. Ich habe mit diesen Hofbewohnern nichts zu tun. Sollen sie sich doch gegenseitig auffressen. Wir sind hier bald wieder verschwunden und bis dahin werden Odette und ich Kiras Zimmer nicht mehr verlassen.

Doch als ich schon fast aus der Scheune raus bin, fällt mein Blick kurz nach links. Nur den Hauch einer Sekunde.

Fred.

Er steht da und starrt mich vorwurfsvoll an.

Mist!

Verflixter Heringsquark!

»Ja, schon gut«, miaue ich ihm genervt zu. »Ich kläre das mit den Katzen. Aber du kommst mit.«

Unmerklich zuckt Fred zusammen. Doch dann flitzt er los und ich flitze mit ihm.

»Bin gleich wieder zurück, Odette, meine Liebste.«

Oh ja, ich bin verrückt. Absolut und komplett. Aber ein

Kater muss zu seinem Wort stehen. Auch gegenüber einer Maus.

Komischerweise finde ich Sir Toby nicht in der Reithalle, sondern auf einer Bank davor.

Als er mich kommen sieht, will er sich davonmachen. Doch ich rufe ihm zu: »Nein, bleib hier, Sir Toby, oder hast du etwa Angst vor einer Maus, die sich bei dir entschuldigen will?«

Sir Toby verharrt in seiner Bewegung. »Wie bitte?«

Ich nicke. »Ich bin nicht allein hier.«

»So ist es«, piepst es aus dem hohen Gras, das den Weg säumt. »Der Unterhändler der Mäuse ist gekommen, um euch die Pfote zu reichen, Sir Toby.«

In der nächsten Sekunde hat sich Fred direkt vor Sir Toby auf der Bank aufgebaut und blickt ihm mutig entgegen.

»Ich weiß, wir Mäuse haben weitaus mehr von dem Abkommen, dem Revierschutz, der einst geschlossen wurde. Deshalb ist es für euch Katzen auch ein Leichtes zu sagen, nö, wir wollen das nicht mehr. Doch weißt du, Sir Toby, all die Jahre ist es doch gut gegangen, und deshalb musste keine von euch Katzen Hunger leiden. Nun ist dieser Jäger aufgetaucht und plötzlich spielen die Katzen verrückt. Dabei sollten wir es wie damals machen, als schon mal so ein mieser Kerl hier sein Unwesen getrieben hat, und ihn gemeinsam verscheuchen.«

Maunz. Ich bin wirklich beeindruckt von Fred. So eine Rede hätte ich ihm nicht zugetraut.

Sir Toby scheinbar auch nicht, denn erst guckt er verwundert, dann nickt er doch tatsächlich.

»Recht hast du, kleine Maus. Wenn die Menschen verrücktspielen, dann müssen die Tiere erst recht zusammenhalten.«

Er reicht Fred die Pfote und mir wird ganz warm ums Herz.

Winston, altes Haus, das hast du echt gut hinbekommen, kann ich nur denken, und dann, dass es nun aber wirklich Zeit wird, Odette in Kiras Zimmer zu bringen.

Es geht los! Bloß: Wo??

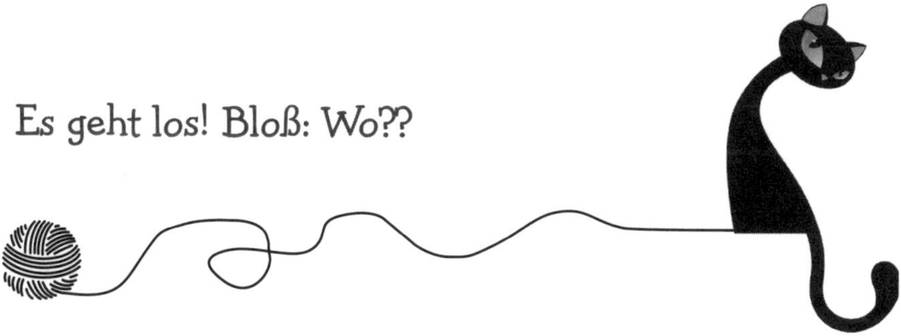

»Odette! Nun sei endlich vernünftig und komm mit in Kiras Zimmer! Alles ist dort vorbereitet: ein kuscheliges Körbchen, frisches Wasser – und deine Ruhe hast du da auch. Versprochen!«

Odette und ich stehen mitten auf dem Hof – vor uns das Gutshaus, links die Scheune, rechts die Ställe –, und meine Liebste bewegt sich keinen Meter mehr. Stattdessen verdreht sie die Augen.

»Ich wiederhole mich ungern, aber ich möchte unsere Kinder nicht in einem Menschenhaus bekommen. Ich fühle mich unwohl dort und kann mich überhaupt nicht entspannen. Und ohne Entspannung wird es bestimmt nicht leicht mit der Geburt.«

Der letzte Satz klingt sehr vorwurfsvoll. Ich fühle mich sofort schlecht. Schließlich weiß ich ja, dass Odette ihre Zeit nicht besonders gern mit Menschen verbringt. Nicht umsonst wohnt sie in Hamburg im Innenhof unseres Hauses, obwohl sie problemlos in unsere Wohnung hätte einziehen können. Ich muss gestehen, ich hoffe, dass sich das ein wenig ändert, wenn die Babys erst mal da sind. Noch ist es allerdings nicht so weit, und im Sinne des Familienfriedens ist es wahrscheinlich besser, wenn ich nachgebe.

»Na gut, meine Liebste: Wenn du nicht in Kiras Zimmer willst, wohin willst du denn dann? Ich hab kapiert, dass du dich bei den Menschen nicht wohlfühlst, aber ich muss darauf bestehen, dass wir uns einen sicheren Ort für die Geburt suchen! Ich finde nämlich, hier auf dem Hofgelände sind schon genug Katastrophen passiert!«

Maunz! Jawohl! Da kann ich auch mal streng werden! Nicht, dass wir uns wieder mit der halben Hofbelegschaft herumschlagen müssen. Das geben meine Nerven jetzt garantiert nicht mehr her. Odette seufzt.

»Ich möchte doch lediglich ein ruhiges Plätzchen irgendwo im Stroh. Nur du und ich und dann bald unsere Babys, verstehst du?«

»Natürlich, das verstehe ich.«

Ich drehe mich einmal um die eigene Achse und überlege, wo das ruhige und vor allem sichere Plätzchen im Stroh wohl sein könnte. Immerhin haben wir zwar Mäuse und Katzen miteinander versöhnt, aber der irre Jäger läuft hier immer noch irgendwo herum. Am besten sollte das Plätzchen also irgendwie bewacht sein, und zwar von jemandem, der nicht aufgeregt ist, weil er selbst gerade Vater wird.

Ha! Heilige Ölsardine! Da habe ich ihn, den Geistesblitz! Ich weiß jetzt genau, wohin ich Odette bringen kann.

»Los, Odette, folge mir. Mir ist gerade genau der richtige Platz für dich und die Babys eingefallen. Kuschelig im

Stroh, sehr ruhig, warm und trocken – und vor allem bewacht von zwei riesigen Typen.«

Odette guckt mich zweifelnd an.

»Riesentypen? Die mich bewachen? Wo willst du die denn auf einmal herkriegen?«

»Warte mal ab. Und folge mir einfach.«

Ich trabe los, Odette hinterher. Keine zwei Minuten später sind wir am Ziel: dem kleinen Stall schräg gegenüber der Reithalle.

»Bulli, Wally, meine alten Kumpels«, begrüße ich die beiden betont lässig, »ich darf euch meine Lebensgefährtin Odette vorstellen? Odette, das sind Bulli und Wally, zwei äußerst edle Rösser. Ich habe mich gerade gefragt, was die beiden eigentlich heute noch so vorhaben.«

Sie gucken mich erstaunt an, und Odette mustert mich, als ob ich nicht mehr alle Tassen im Schrank hätte.

»Öh, also, ich habe heute gar nichts mehr vor«, räuspert sich Wally, »ich bin ja schließlich Rentner. Vielleicht bringt mich Lucas nachher noch auf die Koppel, aber ansonsten werde ich hier nur ein bisschen in meiner Box dösen.«

Bulli sagt gar nichts, sondern legt nur den Kopf schief. Wahrscheinlich überlegt er, wann er mich endlich wieder los wird und mit diesem ganzen Katzen-Mäuse-Schlamassel nichts mehr zu tun hat.

»Wieso fragst du?«, will Wally wissen.

»Na ja, ich dachte, vielleicht gibt es hier in eurem Stall irgendwo ein ruhiges Plätzchen für Odette. Wo sie in Ruhe unsere Babys zur Welt bringen kann.«

Bulli verdreht die Augen. »Wieso kommt ihr da gerade zu uns? Sehen wir aus wie Hebammen?«

»Nein, ich … äh … dachte ja nur …«, stammele ich unbeholfen, bevor mir Odette das Wort abschneidet:

»Ich glaube, Winston hofft, dass ich hier meine Ruhe habe und, noch wichtiger, dass ihr ein bisschen auf mich aufpassen könnt. Weil ihr so groß und stark seid. Und er immer noch große Angst hat, dass mir und den Kleinen etwas passieren könnte.«

»Ach so!«, ruft Bulli. »Warum sagt er das nicht gleich?«

Odette maunzt fröhlich.

»Och, ich glaube, weil er nicht gern jemanden um einen Gefallen bittet.«

Miau – das stimmt doch gar nicht! Damit habe ich überhaupt kein Problem! Und wenn überhaupt, dann nur ein klitzekleines, sonst wäre ich doch nicht mit Odette in diesen Stall marschiert.

»Oooh!«, wiehert Wally. »Als Aufpasser sind wir super! An uns kommt keiner unbemerkt vorbei.« Er schiebt seinen großen weißen Kopf über die Boxentür und prustet mich an. »Keine Angst, süße, kleine Katze! Wir helfen dir.«

Igitt! Jetzt bin ich schon wieder vollgeschnoddert worden! Wie eklig! Und davon abgesehen bin ich keine süße, kleine Katze, sondern ein sehr ernstzunehmender Kater! Ich will Odette gerade zumaunzen, dass das hier doch nicht der richtige Ort für ihre Entbindung ist, da bemerke ich, dass sie auf einmal sehr schwer atmet. Heilige Ölsardine! Geht es jetzt etwa los?

»Schnell!«, rufe ich aufgeregt. »Die Babys kommen! Was sollen wir jetzt tun?«

Bulli prustet, dann langt er mit seinem Maul über die Boxentür und öffnet geschickt den Riegel davor.

»Kommt, ich zeige euch ein Eckchen, in dem ihr garantiert ungestört seid.«

Er trottet aus der Box und steuert zielstrebig auf die sorgsam aufgeschichteten Strohballen an der hinteren Wand des kleinen Stalles zu. Er stupst einen der Ballen zur Seite – und dann sehen wir sie auch, die kleine Höhle, die sich dahinter verbirgt.

»Ui, das ist ja fast ein richtiges Zimmer!«, staunt Odette.

»Ja, das ist es«, gibt ihr Bulli recht. »Hier haben die Kinder von Schulze-Naumanns früher Verstecken gespielt, und manchmal kommt Lucas heute noch hierher, wenn er in Ruhe nachdenken und dabei von niemandem gestört werden will.«

»Es ist perfekt!«, maunze ich begeistert. »Von außen kann man es gar nicht sehen, hier wird uns niemand finden, Odette!«

Meine Herzallerliebste miaut und atmet schwer, dann schlüpft sie durch die Strohballenlücke in die Höhle und macht es sich bequem. Jedenfalls, soweit das möglich ist, wenn man kurz davor ist, sechs Katzenjunge zu bekommen. Als sie endlich die aus ihrer Sicht richtige Stelle gefunden hat, rollt sie sich auf die Seite. Ich will ihr folgen, aber sie guckt mich so eindringlich an, dass ich zögere.

»Ist was, Schatz?«

»Ja. Ich möchte allein sein.«

Heilige Ölsardine! Meine Odette ganz allein hier?

»Aber Schatz, das ist bestimmt keine gute Idee! Ich bleibe hier und passe auf dich auf.«

»Nein. Du machst mich irgendwie unruhig. Und aufpassen tun doch schon Bulli und Wally.«

»Aber … aber …«

»Nichts aber. Ich glaube, ich schaffe das besser, wenn du nicht wie ein betretener Kater alle fünf Sekunden fragst, wie es mir geht. Ich möchte wirklich allein sein. Bitte.«

Sie wirft mir diesen Blick zu, gegen den ich sowieso machtlos bin. So liebevoll und gleichzeitig so flehentlich, dass ich sofort anfange zu schmelzen.

»Na gut, dann warte ich draußen«, verspreche ich ihr. Und an Bulli und Wally gewandt: »Aber ihr ruft mich sofort, wenn irgendetwas komisch sein sollte, okay? Ich sitze einfach vor der Stalltür und warte.«

Bulli nickt.

»Klar, mach dir keine Sorgen. Wir melden uns, wenn du Vater geworden bist.«

Allein die Erwähnung des Wortes »Vater« jagt mir kalte und heiße Schauer über den Rücken und am liebsten würde ich mich ganz dicht neben Odette legen. Stattdessen reiße ich mich zusammen und marschiere so würdevoll, wie es nur eben geht, aus dem Stall.

»Winston, gut, dass ich dich hier treffe!« Fred ist ganz aufgeregt, als er mir auf dem Hof entgegengestürzt kommt. Er stutzt kurz. »Alles in Ordnung bei dir?«

Ich nicke.

»Ja, warum?«

»Na, weil du hier so auf und ab läufst, als würdest du dafür bezahlt werden.«

»Tja, es ist so, dass ...«, hebe ich zu einer Erklärung an.

»Na, ist ja auch egal«, unterbricht mich Fred, »Hauptsache, ich habe dich gefunden. Du musst sofort mitkommen.«

»Äh, halt, ich kann nicht, ich ...«

»Keine Widerrede. Befehl vom obersten Chef. Sowohl von deinem als auch meinem.«

»Welcher oberste Chef?«

Ich bin verwirrt. Ich habe doch gar keinen Chef. Also höchstens Werner vielleicht. Oder auch Babuschka. Aber die beiden werden sich wohl kaum mit Fred unterhalten haben.

»Philomenus und Sir Toby. Die beiden haben beschlossen, dem Katzenjäger nun, da der alte Friede zwischen Katzen und Mäusen wiederhergestellt ist, ein für alle Mal das Handwerk zu legen. Alle Bewohner des Hofes sind jetzt aufgerufen, sich in den Dienst der Sache zu stellen. Da darfst du natürlich nicht fehlen, denn schließlich warst du der Friedensstifter.«

»Ja, aber ich kann doch jetzt nicht ...«

Fred setzt sich nun direkt vor mich hin. Seine schwarzen Mäuseaugen funkeln mich an.

»Winston, du hast nun die historische Gelegenheit, den Tieren dieses Hofes wirklich zu helfen. Ich verstehe nicht, dass du noch zögerst. Oder gibt es irgendetwas, bei dem du hier gerade ganz dringend gebraucht wirst? Dringender als bei uns?«

Ich überlege kurz. Nein, Fred hat recht. Zumal Odette überhaupt nicht will, dass ich bei ihr bleibe. Und bis die Babys da sind, haben wir die Situation auch garantiert schon unter Kontrolle. Ein Kater muss jetzt einfach tun, was ein Kater tun muss.

»Fred, ich bin euer Mann!«, sage ich mit fester Stimme. »Führe mich zu den anderen!«

Die Polizei, dein Freund und Helfer. Stimmt echt!

»Wir müssen ihm die Waffen wegnehmen! Alle zusammen müssen wir ihn zur Strecke bringen!« Sir Tobys Stimme bebt, während er vor der illustren Menge steht, die sich vor dem Hauptsitz der Mäuse versammelt hat. »Wir müssen dafür sorgen, dass er nie wieder auf ein unschuldiges Tier schießen kann!«

»Genau!«, »Recht so!«, »Nieder mit dem Jäger!«, rufen die Mäuse und Katzen wie im Chor und ihre Entschlossenheit kann man hundert Meter gegen den Wind riechen.

»Ah, Winston! Gut, dass du da bist!«, begrüßt mich Philomenus, der neben Sir Toby auf einer Holzkiste hockt, die den beiden als Podest dient. »Du warst doch mit Toby, Uschi, Bonny und Peterle im Haus des Jägers. Wir versuchen gerade, uns einen genauen Überblick von den Räumen dort zu machen. Dann wollen wir dort rein und seine Waffen rausräumen. Wenn wir alle mitmachen, müssen wir das doch irgendwie schaffen!«

Eifriges Nicken bei den Zuhörern.

»Ja, klar, wir waren schon mal in dem Haus. Und ich

denke, wir können aus unserer Erinnerung bestimmt eine Art Karte erstellen. Wo der Jäger allerdings seine Waffen aufbewahrt, weiß ich nicht.«

»Kein Problem«, meint Philomenus, »wir suchen einfach das ganze Haus ab. Wir sind so viele und wir kommen in jeden Winkel – wir werden sie schon finden. Ihr Katzen erstellt einen Zimmerplan, anhand des Plans teilen wir die Mäuse in Teams ein. Wenn wir dann die Waffen gefunden haben, helft ihr Katzen uns, sie abzutransportieren. So einfach ist das.«

»Genau«, bekommt er Unterstützung von seinem neuen Freund Sir Toby, »und außerdem lenken ein paar von uns Katzen den Jäger ab, während die Mäuse drinnen suchen. Solange er versucht, uns zu jagen, wird er gar nicht merken, was in seinem Haus passiert.«

Klingt in der Theorie wirklich alles ganz einfach. Aber irgendetwas an dem Plan überzeugt mich noch nicht ganz. Und ich weiß auch, was. Und ich habe da auch schon eine Idee, was man besser machen könnte.

»Okay, Freunde. Nehmen wir mal an, wir finden tatsächlich das Gewehr. Oder auch die Gewehre, falls er mehrere hat. Wir schleppen die raus und verstecken sie. Dann habt ihr hier vielleicht ein paar Wochen Ruhe. Aber was ist, wenn der Typ sich einfach neue Waffen besorgt? Dann geht das doch alles wieder von vorne los, oder nicht? Eigentlich müssten wir doch dafür sorgen, dass der Jäger nie wieder auf Tiere schießen kann. Dass er nie wieder eine Waffe in die Hand nimmt.«

Die anderen starren mich an.

»Du meinst …«, beginnt Philomenus.

»… wir sollten ihn …«, führt Sir Toby weiter.

»… umbringen?«, fragt Fred schließlich.

»Hm«, Peterle legt den Kopf schief. »Eine radikale Lösung, aber sie gefällt mir irgendwie.«

»Das meinte ich doch nicht!«, fauche ich. »Ich sage doch nicht, dass wir den Kerl umbringen sollen! Wie ihr wisst, bin ich strikt gegen Gewalt!«

»Aber wie willste denn sonst sicherstellen, dass der nie wieder eine Waffe in die Finger bekommt?«, fragt Peterle.

»Na ja, garantieren kann man das nie, aber man kann dafür sorgen, dass er es sehr schwer hat, wieder an eine ranzukommen.«

Ungläubiges Staunen. Also erkläre ich ihnen, was Lucas vorgestern schon Kira erklärt hat.

»Freunde, glaubt es oder lasst es bleiben: Wenn der Typ einen Jagdschein und einen Waffenschein hat, dann ist er berechtigt, auf Katzen zu schießen, die angeblich wildern. Und dann kann er sich auch jederzeit eine neue Waffe kaufen, falls wir ihm die alte klauen.«

»Jagdschein?«, wiederholt Philomenus staunend.

»Waffenschein?«, echot Sir Toby.

»Ja. Das ist wohl so ein Stück Papier, auf dem draufsteht, dass ein Mensch eine Waffe besitzen darf. Genau so, wie ein Jagdschein die Erlaubnis für ihn ist, auf Tiere zu schießen. Wir müssen dafür sorgen, dass er die verliert. Dann muss er seine Waffen bestimmt abgeben oder die Polizei kommt und holt sie«, erkläre ich im Brustton der Überzeugung. Mit der Polizei kenne ich alter Kriminalkater mich aus, miau!

Philomenus runzelt die Stirn. Jedenfalls glaube ich das, weil er so angestrengt guckt. Richtig sehen kann ich es wegen des Felles und der Tatsache, dass sein Mäusegesicht ziemlich klein ist, natürlich nicht.

»Okay, Winston, du meinst, wir müssen nicht das Gewehr klauen, sondern das Papier? Also diese Scheine?«

Ich schüttele den Kopf.

»Nein, so einfach ist das nicht. Wir müssen dafür sorgen, dass er sie verliert.«

»Hä?« Philomenus kratzt sich am Kopf. »Hab ich doch gesagt: Wir klauen sie, und dann hat er sie verloren.«

Maunz. Wie erklär ich das der Maus bloß so, dass sie es versteht?

»Ich meine doch im übertragenen Sinne. Wenn man sagt, dass jemand seinen, sagen wir zum Beispiel mal: Führerschein verloren hat, dann heißt das nicht, dass er ihn nicht mehr findet, sondern, dass die Polizei ihm den weggenommen hat, weil er mit seinem Auto so doofe Sachen gemacht hat. Also über rote Ampeln gefahren ist zum Beispiel oder zu schnell.«

»Aber hier im Dorf gibt es doch gar keine Ampeln«, wirft Sir Toby ein. »Und Führerschein, ähm, kleine Zwischenfrage, was ist das?« Heilige Ölsardine, die kapieren das einfach nicht! Ich seufze.

»Noch mal von vorn: Einen Führerschein braucht man,

um ein Auto fahren zu dürfen. Der Waffenschein ist die Erlaubnis, eine Waffe zu besitzen. Und wenn man den hat, darf einem die Polizei die Waffe nicht wegnehmen. Wenn man sich aber ganz schlecht mit seiner Waffe benimmt, dann verliert man die Erlaubnis. Wir müssen es also hinbekommen, dass die anderen Menschen merken, dass der Kerl verrückt ist und besser keine Erlaubnis haben sollte, Waffen zu besitzen. Kapiert?«

Zögerliches Nicken.

»Und … äh … wie wollen wir das anstellen?«, erkundigt sich Fred vorsichtig. Ich überlege kurz, dann streiche ich mir über den Schnurrbart und springe ebenfalls auf das Podest, damit mich alle auch gut hören können.

»Freunde und Kameraden! Hört mir gut zu – ich habe folgenden Plan …«

»Ich werde euch alle kriegen! Alle! Und ihr kriegt mich nicht, niemals! Euch mache ich fertig!«

Der Mann ist völlig außer sich. Wenn man genau hinguckt, sieht es fast so aus, als hätte er Schaum vor dem Mund. Er steht vor seinem Haus, hält in der rechten Hand sein Gewehr und fuchtelt wild damit herum.

»Los, jetzt, Fred!«, flüstere ich ihm zu. Fred nickt, springt auf meinen Rücken, dann renne ich los, genau auf den Mann zu und durch seine Beine hindurch. Fred hockt auf mir wie ein Jockey auf einem Rennpferd und quiekt, so laut er nur kann. Wir müssen aussehen wie aus einem Tom-und-Jerry-Film. Auf alle Fälle völlig gaga.

Der Mann starrt uns an, schüttelt seinen Kopf und beginnt wieder zu schreien.

»Haut ab! Lasst mich!«

Dann zielt er auf uns, doch bevor er abdrücken kann, sind wir schon im nächsten Busch verschwunden. Stattdessen beginnt der Mäusechor, der versteckt in der Regenrinne des Hauses direkt über dem Kopf des Jägers hockt, ein sehr schauriges – und für Mäuseverhältnisse sehr lautes – Lied anzustimmen. »Fiep, fiep, FIIIEEEEP!« gellt es vom Dach.

Der Kerl schlägt mit dem Gewehr um sich, dann schießt er mehrmals wild in die Luft. »Bäm, bäm, bääám!«, knallt es. In diesem Moment springen Peterle, Uschi und Bonny links und rechts aus den Büschen, sie alle tragen Mäuse auf ihrem Rücken und rennen direkt auf den Jäger zu, drehen kurz vor ihm ab und verschwinden wieder. Während er noch nach ihnen schlägt, springt Sir Toby vom Dach von hinten auf die Schultern des Mannes und verpasst ihm einen Hieb in den Nacken, bevor auch er schnellstens das Weite sucht. Und wieder singt der Mäusechor. »FIIIEEEEP, FIIIEEEP, FIIIIIEEEEPPPP!«

»Hört auf, hört endlich auf!«, schreit der Kerl, nein, er schluchzt fast und ballert dann völlig planlos in der Gegend herum. Wieder und wieder legt er auf einen unsichtbaren Feind an und schießt, er hat schon ein paarmal nachgeladen.

Ein fernes Geräusch, das aber schnell näher kommt, verrät mir, dass wir fast am Ziel sind. Es ist eindeutig die Sirene eines Polizeiwagens. Falsch, es ist nicht die Sirene eines Polizeiwagens: Zwei Minuten später rauschen vier Wagen vor das Haus und halten mit quietschenden Reifen, dass der Kies nur so wegspritzt.

»Achtung, Achtung, hier spricht die Polizei«, kommt es aus dem Lautsprecher des einen Wagens. »Legen Sie die Waffe auf den Boden, heben Sie die Hände hoch und bleiben Sie stehen!«

Der Mann zögert.

»Und zwar ein bisschen plötzlich, oder müssen wir nachhelfen?«, tönt es wieder. Langsam, sehr langsam legt der Kerl das Gewehr auf den Boden und hebt die Hände hoch. Die Beifahrertür des ersten Polizeiwagens öffnet sich, heraus steigt ein junger Polizist mit gezogener Pistole.

»Bleiben Sie stehen und rühren Sie sich nicht!«

Der Polizist geht zu dem auf dem Boden liegenden Gewehr und nimmt es an sich, sein Kollege steigt ebenfalls aus, geht zu dem Mann, der immer noch wie versteinert mit hocherhobenen Händen vor dem Haus steht. Als er bei ihm angekommen ist, packt er ihn, dreht ihm blitzschnell die Arme auf den Rücken und fesselt ihn mit Handschellen.

»Aua!«, schreit der Mann. »Was soll das?«

»Was das soll?«, wundert sich der Polizist. »Mann, Mann, Mann – Sie ballern hier offenbar mit dem Gewehr in der Gegend rum. Die Nachbarn haben uns einen Gewaltvorfall mit Feuerwaffen gemeldet.«

»Ja, die haben recht! Es gab einen Gewaltvorfall! Und ich bin das Opfer.«

»Interessant. Wie meinen Sie das?«

»Ich bin von zwanzig Katzen und fünfhundert Mäusen überfallen worden. Hinterlistig überfallen!«

Jetzt übertreibt der Typ aber maßlos! Andererseits – soll uns nur recht sein, das passt haargenau zu unserem Plan.

»So, so, zwanzig Katzen und fünfhundert Mäuse«, wiederholt der Polizist. »Und die haben Sie überfallen.«

»In der Tat! Erst kamen sie in mein Haus. Sie kamen auf einmal aus allen Ecken und Winkeln. Eine Mäusearmee, und zwar beritten.«

»Beritten?«

»Ja. Die Mäuse ritten auf Katzen und stürmten mein Wohnzimmer. Ich versuchte, mich zu verteidigen, aber es waren zu viele. Schließlich flüchtete ich nach draußen, aber auch dort verfolgten sie mich. Dabei haben sie einen unheimlichen Schlachtruf gesungen. Sie wollten mich töten, ganz sicher!«

»Schlachtruf gesungen? Die Mäuse? Und die ritten auf Katzen?« Ich kann dem Tonfall des Polizisten anhören, dass er jetzt genau das denkt, was er denken soll.

»Ja, die ritten auf Katzen. Ich musste mich verteidigen gegen diese Ritter und habe deswegen mein Gewehr geholt. Nur zur Selbstverteidigung. Außerdem konnten die auch fliegen, denn ich habe sie auch von oben gehört. Es war entsetzlich.«

»Aha.« Mehr sagt der Polizist dazu nicht, sondern packt

den Mann am Oberarm und führt ihn zum Auto. Dort öffnet er die Tür zur Rückbank, befördert den Mann mit sanftem Druck auf ebendiese und schließt die Tür wieder. Dann geht er zu den anderen Polizeiwagen und spricht mit den anderen Polizisten. Ich schleiche unter den Büschen näher heran, um hören zu können, was er sagt.

»Kollegen, der Typ ist total durchgeknallt. Schätze mal, den müssen wir sofort in die Klapse bringen. Hat mir gerade etwas von fliegenden Katzen und Mäusen erzählt und von Mäusen, die auf Katzen gegen ihn zu Felde geritten sind. Er musste sich angeblich verteidigen, weil die Mäuse ihn umbringen wollten.« Der Polizist lacht und auch aus den anderen Wagen höre ich Gelächter. »Ruft ihr schon mal den psychiatrischen Dienst an? Ich brauche jemanden, der den einweist. Und dann checkt mal, ob der Irre tatsächlich einen Waffenschein hat. Sofort vorläufig beschlagnahmen und den endgültigen Entzug einleiten. Ist ja echt gemeingefährlich, wenn so einer mit 'ner Knarre rumläuft. Sachen gibt es!«

»Ja, machen wir. Bringt ihr ihn schon ins Krankenhaus?«, erkundigt sich einer der Polizisten in dem zweiten Auto.

»Ja, wir steuern jetzt direkt die geschlossene Abteilung an. Gott sei Dank ist nicht mehr passiert. Es gibt nur ein paar Löcher in der Hausfassade.«

Der Polizist, der den Jäger ins Auto bugsiert hat, geht zurück und setzt sich wieder auf den Beifahrersitz. Keine halbe Minute später sind alle Polizeiwagen davongebraust. Heilige Ölsardine! Mein Plan ist aufgegangen!

»Tschakka!«, jubelt Fred und kommt aus dem Gebüsch gesprungen. »Winston, du bist einfach der Größte!«

»Jaaa, ein Hoch auf Winston!«, jubelt jetzt auch Sir Toby und kommt hinter einem Baum hervor, dicht gefolgt von Philomenus, der aufrecht angetippelt kommt und mir tatsächlich mit seinen Mäusepfötchen applaudiert.

»Großartig, lieber Winston, großartig!«

»Hurra!«, tönt der Mäuse-Chor vom Dach, und ich merke, wie ich langsam ganz verlegen werde.

»Och, nichts für ungut!«, maunze ich. »Ich freue mich immer, wenn ich helfen kann, und ich …«

Weiter komme ich nicht. Denn in diesem Moment biegt Bulli im vollen Jagdgalopp um die Ecke und kommt nur einen halben Zentimeter vor mir zum Stehen. Um ein Haar wäre ich unter seine Vorderhufe gekommen!

»Bulli, was zum Teufel …?«

»Winston«, schnaubt dieser außer Atem. »Du musst sofort mitkommen! Sofort!«

Happy End!
Und zwar kräftig!

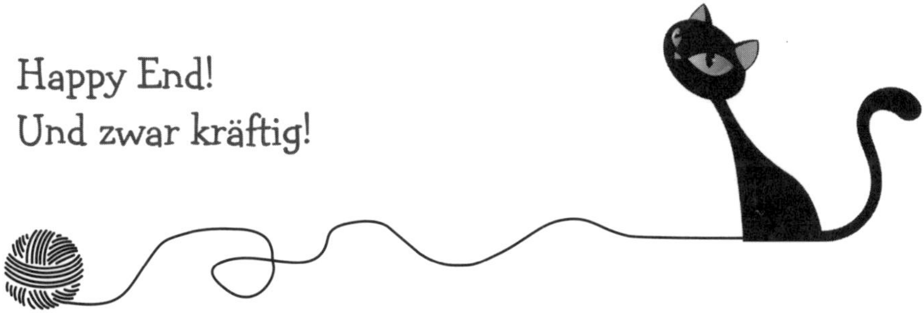

»Was ist denn, Winston?«, wiehert Bulli verdutzt. »Kannst du dich nicht mehr bewegen? Oder hast du Brekkies in den Ohren?«

Heiligen Heringshappen, so ist es! Also natürlich habe ich keine Katzenkräcker in den Ohren. Ich bin zur Salzsäule erstarrt. Absolut unfähig, auch nur eines meiner Pfötchen für einen winzigen Millimeter zu bewegen.

»Winston? Hast du mich verstanden? Deine Freundin Odette, deine Herzallerliebste! Die Babys sind da. Eure Babys.«

Das ist ja gerade mein Problem. Die Aufregung gepaart mit der riesig großen Freude, verflixt, das ist einfach zu viel für mich armen kleinen Kater, der schließlich gerade mit viel List und Raffinesse einen schießwütigen Jäger außer Gefecht gesetzt hat. Bullis großer Kopf senkt sich und dann verpasst er mir doch tatsächlich mit seiner weißen Nase einen unsanften Stups.

Darauf war ich nicht vorbereitet. Nur darum kippe ich wie ein nasser Sack um.

Patsch! – da liege ich.

»Bist du krank? Irgendwelche Anfälle? Brauchst du vielleicht ein bestimmtes Medikament, das ich für dich von Kira holen kann … soll?«

Ich starre Bulli verständnislos an. Er starrt ebenso verständnislos zurück Und endlich – endlich! – geht ein Ruck durch meinen Körper.

»A… alles gut«, keuche ich. »Ich brauche nichts. Hab mich wieder gefan… gefangen und ko… komme schon!«

Gesagt, getan und ordentlich durchgestartet. Und zwar so schnell, dass Bulli nur noch meine staubige Spur sehen kann.

Ich stürme in den kleinen Stall, rufe: »Odette, meine Herzallerliebste, da bin ich«, und steige dann abrupt auf die Bremse. Vor mir im Stroh liegt meine wunderschöne Odette, die Mutter meiner sechs ebenso wunderschönen Katzenbabys. Sie lächelt glückselig und sieht kein bisschen mehr nach anstrengender Geburt aus. Odette ist einfach ein Prachtexemplar von einer Katzendame.

Ich stehe wenige Schritte von meiner Familie entfernt und kann gar nicht mehr aufhören, sie anzugucken. Hach, sind die hübsch. Und wohlgeraten. Und kräftig. Und elegant. Und ganz einmalig und …

»Winston, Schatz, willst du denn nicht näher kommen? Deine Kleinen begrüßen? Schau doch nur, wie schön sie sind und schon so kräftig.«

»Ja, es… es ist ein Wunder …«, krächze ich zutiefst beeindruckt.

Was für ein Wunderwerk der Natur!

Odette beginnt damit, eines der Kleinen abzuschlecken, ein weißes, das seiner stolzen Mama zum Verwechseln ähnlich sieht.

Drei weiße und drei schwarze Babys. Perfekt. Wobei … ähm, bilde ich mir das ein oder liegt da noch ein siebtes Katzenbaby im Stroh, ein schwarz-weißes?

»Odette, ich zähle sieben Babys! Oder sehe ich doppelt, dreifach, quatsch, siebenfach?«

Odette lacht leise auf. »Nichts von alldem, denn es sind tatsächlich sieben Katzenbabys. Eins hat sich die ganze Zeit über wohl hinter seinen Geschwisterchen versteckt.«

»Ein Undercover-Agent«, miaue ich, während ich vorsichtig zu meiner kleinen Familie tapse. Wobei *klein* nicht unbedingt zutrifft. Ab sofort sind wir zu neunt.

Heilige Ölsardine, ich werde bestimmt keine ruhige Minute mehr haben. Aber ich werde mich deshalb nicht beschweren, sondern jeden Augenblick mit meinen Kindern genießen.

Okay, okay, wenn sie auch nur einen Hauch von der Abenteuerlust ihrer Mutter geerbt haben, dann kann ich mir zukünftig mein geliebtes Nickerchen auf der Eckbank abschminken. Doch auch das ist mir völlig egal. Ich bin überglücklich und unendlich stolz.

MIAU!

»Winston, warum guckst du denn so … skeptisch?«, fragt Odette.

Verflixte Makrele, hoffentlich hat sie mich nicht durchschaut und denkt jetzt, ich bin schon jetzt überfordert mit meiner neuen Großfamilie.

»Skeptisch, niemals!«, gebe ich schnell zurück. »Ich bin beeindruckt und glücklich und stolz und sieben, Maunz, sieben Katzenbabys, das ist einfach nur perfekt. Das ist sogar mehr als perfekt, das ist grandios!«

Odette lacht und ich stimme wie befreit in ihr Lachen mit ein.

Eine ganze Weile bleiben wir unter uns. Ich bestaune jedes meiner Babys und kann mich kaum sattsehen an ihnen. Odette ist ebenso verzückt und schleckt begeistert eines nach dem anderen ab.

Wir überlegen uns Namen, verwerfen sie wieder, kichern, sind glücklich, und ja, es ist der absolut perfekte Augenblick und noch viel bewegender, als ich es mir in meinen kühnsten Fantasien vorgestellt habe.

Nun sind wir endlich eine richtige Familie. Mutter, Vater und SIEBEN Kinder. Unbeschreiblich, einfach nur zum Miauen schön.

»Winston?«, höre ich plötzlich eine bekannte Stimme rufen. »Bist du hier … ähm, seid ihr hier?«

Ich maunze Kira bejahend zu und im nächsten Moment kniet sie mit entrücktem Gesicht neben uns im Stroh.

»Oh, sind die süß. Und es sind sieben. Ich werde verrückt, die sind ja sooo süüüß.« Kira ist ganz aus dem Häuschen. »Das habt ihr gut gemacht, Odette und Winston, wirklich sehr, sehr gut!« Ich platze fast vor Stolz, denn die Kleinen sind uns wirklich sehr, sehr gut gelungen.

»Und Odette hat sie ganz alleine zur Welt gebracht? Hier im Stall von Bulli und Wally?«, fragt Kira.

Bulli wiehert.

Kluges Pony, muss ich schon sagen. Dabei mag ich eigentlich gar keine Ponys. Aber Bulli ist irgendwie schon okay. Außerdem ist er jetzt so etwas Ähnliches wie der Patenonkel unserer Kleinen. Der blonde Wally mit den riesigen Ohren auch. Hm … ob ich das so toll finden soll, das weiß ich ehrlich gesagt nicht. Wally scheint nicht gerade das Hellste unter den Pferden zu sein.

Aber egal, dafür ist er eine Seele von Pferd und mächtig beeindruckt, dass unsere Babys hier in seinem Stall zur Welt gekommen sind.

»Ich muss Mama und Werner Bescheid sagen«, erklärt Kira auf einmal und ist auch schon wieder zum Stall herausgesprintet.

Wenige Momente später sind wir von vielen, vielen Schaulustigen umgeben.

Werner bekommt kaum einen Ton heraus. Dafür quiekt Anna ununterbrochen vor Begeisterung. Babuschka fragt sich laut, wo die ganzen Katzenbabys denn wohl bitte schön unterkommen sollen, und Frau Hagedorn erklärt, dass sie Katzenbabys über alles liebt – was sie aber nur behauptet, um Babuschka zu ärgern. Das ist jedem hier klar.

Beate rümpft skeptisch die Nase, und Familie Schulze-Naumann meint, dass sie alle sehr stolz sind, dass so schöne und wohlgeratene Katzenkinder ausgerechnet hier bei ihnen auf dem Hof das Licht der Welt erblickt haben.

Als schließlich auch noch Direktor Balotelli und seine Tiere in den Stall drängen, wird es richtig eng um uns herum. Und laut. Und konfus. Und über all den Stimmen und dem Lachen ist immer wieder das zufriedene Schnurren meiner geliebten Odette zu hören.

Bei meinem Kratzbaum, ich bin ohne Frage der glücklichste Kater der Welt.

»Werner, und du bist dir sicher, dass die Rückfahrt nach Hamburg nicht zu anstrengend für Odette und die Babys wird?«, fragt Anna und schaut skeptisch zu meiner Liebsten rüber.

Odette liegt in einem Weidenkörbchen, das uns die Schulze-Naumanns freundlicherweise für die Rückfahrt überlassen haben. Um sie herum die sieben süßen Katzenbabys. Eben haben sie noch ordentlich getrunken und nun schlafen sie friedlich an ihre Mama gedrängt.

Ich würde mich gerne zu meiner Familie ins Körbchen kuscheln. Doch Werner hat gemeint, ich soll mal schön neben Kira auf dem Rücksitz bleiben, während das Weidenkörbchen im Kofferraum steht. Er hat sogar behauptet, ich würde zu viel Platz beanspruchen.

So ein Blödsinn. Aber nun ja, ich will jetzt nicht mit Werner streiten, jetzt, da dieses so chaotische und ziemlich aufregende Wochenende ein glückliches Ende genommen hat.

»Es ist ja nicht so weit, Liebling. Und wenn wir jetzt endlich auch mal loskommen, dann sind die Kleinen noch im Tiefschlaf, wenn wir daheim ankommen.«

Werner legt mit einem lieben Lächeln seine Hand auf Annas Schulter. »Ich finde es übrigens richtig schön, dass wir nun eine Großfamilie sind. Kira, du und ich und Winston und seine Katzenfamilie …«

Anna nickt. »Ja, das ist wirklich schön. Überhaupt war es ein wunderschönes Wochenende, und ich bin überglücklich, dass wir hier draußen in der Lüneburger Heide geheiratet haben.« Sie schmiegt sich für einen Moment an Werner, bevor sie sich Kira zuwendet.

»Und du, meine Süße, was meinst du, sollen wir in den Herbstferien hier vielleicht mal eine ganze Woche herkommen?«

Kira bekommt Schnappatmung. »Mama, das wäre echt der Knaller. Unbedingt. Dann kann ich alle wiedersehen. Lucas, Lina, Bulli, Wally, die Familie Schulze-Naumann … eben alle.«

Okay, darüber reden wir noch mal in Ruhe. Momentan ist mir eher nach sicherem Großstadtleben zumute.

Ich will es mir gerade auf dem Rücksitz bequem machen, da höre ich es hinter mir leise piepsen.

Fred!

Bevor die Tür zufällt, bin ich wieder rausgehüpft.

»Ich wollte doch noch Tschüs sagen«, meint Fred und hebt die Pfote zum Abschied. »Und auch Danke, denn ich habe dir so einiges zu verdanken, Winston Churchill.«

Ich maunze verlegen. »Ach was … Unsinn … was denn schon?«

Fred kommt ganz nahe an mich heran. »Ich bin zum stellvertretenden Chef der Hofmäuse ernannt worden. Und zwar einstimmig. Alle waren der Meinung, ohne meinen guten Draht zu dir, Winston Churchill, wäre der Frieden zwischen den Hofkatzen und Mäusen nie wiederhergestellt worden. Und den hinterhältigen Jäger, dem hätten wir auch nicht den Garaus machen können. Auf jeden Fall ist Elisa mächtig stolz auf mich und ich, ja, ich bin es auch. Und das habe ich nun mal eindeutig dir zu verdanken.«

Ich muss schlucken. Und schlucken. Und noch mehr schlucken. Verflixter Heringssalat, jetzt bin ich gerührt.

Unfassbar, dass ausgerechnet eine Maus das fertiggebracht hat!

»Winston, sag mal, bist du schon wieder mit einer Maus beschäftigt?« Kira hat sich aus dem Auto gelehnt und mustert mich mit großen Augen. »Warte mal, die kenne ich doch. Das ist doch die Maus, die du neulich schon mal am Wickel hattest.«

Ertappt fahre ich zu Kira herum. »Öhm … miau … maunz …«, stottere ich.

Kira bleibt misstrauisch. »Bist du hier auf dem Land etwa unter die Mäusefänger gegangen?«

»Unsinn!«, muss nun auch noch Werner seinen Senf dazugeben. »Winston hat doch Angst vor Mäusen.«

Wie bitte? Bestimmt nicht! Hoffentlich hat Fred das nicht gehört. Wie peinlich wäre das denn? Doch als ich einen unauffälligen Blick über meine Schulter werfe, da ist der Platz, an dem Fred gerade noch gehockt hat, leer. Fred ist davongehuscht, bestimmt zurück zu seiner Frau und den Kindern.

»Bis bald mal wieder, mein Mausekumpel«, flüstere ich und springe zu Kira auf den Rücksitz, bevor sie noch mehr Fragen rund um das Thema Fred stellen kann.

Als Werner den Motor anlässt und seinen Wagen im Schritttempo vom Hof lenkt, freue ich mich auf mein bislang größtes Abenteuer, das in Hamburg auf mich wartet: Vatersein.

Ich schaue durch die Heckscheibe zurück auf den Hof und sehe Bulli und seinen Freund Wally auf dem Paddock stehen. Mag sein, dass ich es mir einbilde, aber es kommt mir so vor, als würden sie mir mit ihren riesigen wackelnden Ohren nachwinken.

Auf der Bank vor der Reithalle haben es sich Sir Toby, Peterle und ihre beiden Freundinnen gemütlich gemacht. Auch sie heben ihre Tatzen zum Abschied.

Heiliger Dosenfisch, ich hätte es nie für möglich gehalten, aber ich freue mich schon jetzt darauf, im Herbst zusammen mit Kira, Odette und unseren sieben Katzenkindern wieder auf den Ponyhof der Familie Schulze-Naumann zurückzukehren. Freds Worte sind nicht ganz unschuldig daran. Okay, ja, ich gebe zu, sie haben mich dort erwischt, wo der stolze Kater ganz sentimental und weich ist.

Allerdings dann garantiert Schrotflinten-frei. So wahr ich Winston Churchill heiße!

The End – oder: Alles hat ein Ende, nur die Wurst hat zwei …

Liebe Leserinnen und Leser!

Tja, nun ist er endlich Vater, unser Winston. Und was macht ein frischgebackener Vater? Richtig: Er geht erst mal in Elternzeit. Bedeutet in diesem Fall, dass Kater Winston eine Pause von seinem anstrengenden Detektivleben macht, um seiner lieben Odette ein bisschen Arbeit abzunehmen und seinen Kindern die weltallerbeste Erziehung angedeihen zu lassen. Die nächsten Abenteuer müssen also ein bisschen warten.
Falls Ihr nicht wisst, was Ihr in der Zwischenzeit lesen sollt, hätte ich einen Tipp: Ihr habt in diesem Buch ja Lucas, Lina und das freche Pony Bulli kennengelernt. Tatsächlich könnt Ihr schon bald mehr von ihnen lesen – im ersten Band der Reihe »Bulli & Lina«, der auch auf dem Hof der Familie Schulze-Naumann spielt, in dem es auch einen Kriminalfall zu lösen gibt – und überhaupt auch

jede Menge zu lachen. Falls Ihr jetzt neugierig geworden seid, dann blättert einfach noch ein bisschen weiter, dort findet ihr eine Leseprobe des Buches, das ich gemeinsam mit meiner Freundin und Kollegin Antje Szillat geschrieben habe. Viel Spaß beim Lesen!

Alles Liebe
Eure Frauke

© Melanie Dreysse/laif

Frauke Scheunemann, geboren 1969 in Düsseldorf, ist promovierte Juristin. Sie absolvierte ein Volontariat beim NDR und arbeitete anschließend als Journalistin und Pressesprecherin. Seit 2002 ist sie freie Autorin. Ihre Romane um den kleinen Dackel Herkules waren monatelang auf der *Spiegel*-Bestsellerliste. Frauke Scheunemann ist verheiratet und lebt mit ihrem Mann, ihren vier Kindern und dem kleinen Hund Elmo in Hamburg.

BULLI & LINA

Frauke Scheunemann

Leseprobe

Illustriert von Antje Szillat

Ein Pony verliebt sich

»Weißt du, Bulli, du musst es mal so sehen: Gute Laune *sorgt* für gute Laune. Ich meine – ich bin gut gelaunt, und dann merken das die anderen. Und dann sind die auch gut gelaunt und machen so gut gelaunte Sachen und so. Und dann merke ich das und bin gleich noch besser gelaunt und dann wiederum …«

Wallys Stimme wird in meinen Ohren immer mehr zu einem Rauschen, denn ich habe längst aufgegeben, ihm zuzuhören. Der große Schimmel in der Box neben mir redet einfach dummes Zeugs, und zwar ununterbrochen. Das ist wirklich grausam, besonders wenn man so schlau ist wie ich. Ein tiefer Seufzer entweicht meiner breiten Ponybrust.

Wally blickt auf.

»Alles in Ordnung bei dir, Bulli?« Er mustert mich aus seinen großen braunen Augen, fast sieht er ein bisschen nachdenklich aus. Für seine Verhältnisse jedenfalls.

Ich nicke stumm, wild entschlossen, mir heute kein Gespräch von ihm aufzwingen zu lassen. Wally heißt eigentlich Wallenstein, war vor Jahren angeblich mal ein hocherfolgreiches Springpferd, gehörte einem noch erfolgreicheren Fußballprofi und bezieht nun sein Gnadenbrot auf dem Reiterhof der Familie Schulze-Naumann. Schon seit Tagen quält er mich mit belanglosem Kram wie den Geschichten aus der Schulreitstunde des Ponyhofes oder Klatsch und Tratsch aus der gegenüberliegenden Boxengasse, wo ihn die Kinder manchmal zum Putzen anbinden. Offenbar glaubt er, dass ich mich hier in meiner Außenbox langweile, so ganz ohne menschlichen Besuch.

Dabei ist das Gegenteil der Fall: Ich bin wirklich sehr froh, hier meine Ruhe vor Zweibeinern zu haben. Vor allem vor den kleineren von ihnen. Denn ich mache mir nicht viel aus Kindern. Genauer gesagt: Ich mag sie nicht! Deswegen habe ich das kleine Mädchen, das mich putzen wollte, gleich mal in den Po gezwickt. Und seiner Freundin bin ich mit meinem Huf richtig auf den Fuß gestiegen. Als ich dann in der ersten Reitstunde noch drei Kinder abgeworfen habe, ist die Botschaft endlich angekommen: ICH! MAG! EUCH! NICHT! Und will meine RUHE!!

Und genau die habe ich jetzt. Herrlich! Beziehungsweise: Es könnte herrlich sein. Wenn nicht der dauerquasselnde Wally wäre. Bei dem Gedanken, meine nächsten Jahre in der Box neben diesem abgehalfterten Springpferd verbringen zu müssen, entfährt mir ein weiterer Seufzer.

»Also wirklich, Bulli! Langsam mache ich mir Sorgen um dich!«, schnaubt Wally.

»Musst du nicht«, beruhige ich ihn. »Und warum überhaupt?«

»Na, ich kenne kein Pony, das so schlecht gelaunt ist wie du. Wirklich nicht!«

»Ach ja? Vielleicht kennst du einfach nicht die richtigen Ponys!«, schnaube ich ihn an.

Wally schüttelt den Kopf, sein schütterer weiß-grauer Mähnenschopf fliegt hin und her.

»Natürlich kenne ich die richtigen Ponys! Allein hier im Stall stehen mindestens fünfzehn Kollegen von dir und die sind alle bester Dinge! Das ist schließlich auch ihr Job: gut gelaunt zu sein und Kindern damit Freude zu machen! Als Kinderpony eben!«

Jetzt muss ich nicht seufzen, sondern wiehern. Und zwar vor Lachen!

»Wally, du glaubst ernsthaft, mein Job sei es, Kindern gut gelaunt eine Freude zu machen?«

Wally nickt. Wieder lautes Wiehern meinerseits.

»Mein Lieber, da bist du aber komplett schiefgewickelt. Das ist mit Sicherheit überhaupt nicht mein Job. Kinder! Und ich! Das ist absurd. Nee, ich sag dir mal, wie es ist: Ich habe gar keinen Job. Ich verbringe hier nur, genau wie du, meinen wohlverdienten Ruhestand. Und apropos Ruhe: Ich wäre dir sehr verbunden, wenn du mich jetzt einfach in Ruhe lassen und mit deinem Geschwätz verschonen könntest!«

Zack. Das hat gesessen. Wally dreht mir beleidigt sein Hinterteil zu und guckt nun aus dem anderen Fenster seiner Box. Da wir beide in dem umgebauten Schuppen gegenüber des eigentlichen Stallgebäudes untergebracht sind, haben unsere Boxen an zwei Seiten große Fenster: Nach vorn sehen wir beide zum Stall und zum Reitplatz und wenn wir uns Mühe geben, können wir sogar einen Zipfel von der Reithalle sehen. Zu seiner Seite hin guckt Wally auf die angrenzenden Koppeln und den Wald. Ich hingegen genieße die Aussicht auf das kleine Haus unserer Nachbarn und habe das zweifelhafte Vergnügen, dem dort lebenden Zweibeiner bei seinen seltsamen Beschäftigungen zuzuschauen. Ich würde sagen, einen großen Teil des Tages verbringt er damit, auf mannshohe Steinblöcke einzuschlagen, die mitten in seinem Haus stehen. Verrückt, oder? Steine im Haus! Die man dann kaputt haut.

Aber es kommt noch doller: Neben dem Haus ist ein Teich. Und wenn der Verrückte nicht die Steine zerkloppt, sitzt er auf seinem sonderbaren Holzsteg und unterhält sich mit jemandem, der in dem Teich zu wohnen scheint. Dabei bin ich mir ziemlich sicher, dass niemand in einem Teich wohnt. Mit wem redet er dann aber? Die spinnen doch alle, diese Menschen!

Na gut. Manchmal sind sie auch nett. Zumindest geben sie mir regelmäßig zu fressen und eine funktionierende Tränke und ein Dach über dem Kopf habe ich auch. Und nach meinem energischen Protest gegen das Ponyreiten muss ich auch nichts anderes als Rentner sein. Wie Wally. Im Ruhestand. Wobei auch das eigentlich eine Frechheit ist – ich bin doch kein langweiliger Opa! Unruhestand wäre mir deutlich lieber! Wenn ich daran denke, wie ich früher …

Bevor ich aber noch weiter in Erinnerungen an diese glorreichen Zeiten schwelgen kann, bringt mich ein sehr lautes Geräusch wieder in die Wirklichkeit zurück. In die Auffahrt unseres Nachbarhauses schießt ein Auto und hält mit ziemlich quietschenden Reifen an.

Irgendetwas an dem Wagen sieht sehr komisch aus. Schnell erkenne ich, was das ist. Es hat kein Dach! Ich reiße die Augen auf und starre noch einmal genauer hin. Ja, tatsächlich: Das Auto hat gar kein Dach! Ist das nicht furchtbar gefährlich? Oder wenigstens sehr windig? Ich überlege, wie sich Hängerfahren wohl ohne Dach anfühlen würde und schüttele mich. Diese armen Menschen haben offenbar zu wenig Geld, wenn sie sich nicht mal ein Auto mit Dach kaufen konnten.

Ohne Dach kann ich genau sehen, dass eine Frau und ein Mädchen in dem Auto sitzen. Ihre langen Haare sind vom Fahrtwind ein wenig zerzaust, jetzt schütteln sich beide und steigen aus. Ob die zu dem verrückten Steineklopper wollen?

Das Mädchen dreht sich in meine Richtung, ich kann einen Blick auf ihr Gesicht erhaschen. Unglücklich sieht sie aus. So, als wolle sie eigentlich gar nicht hier sein. Darüber hinaus hat sie große Augen, deren Farbe ich auf die Entfernung nicht erkennen kann, lange und glatte blonde Haare und ist deutlich größer als die kleinen Kinder, die immer zum Shettyreiten auf unseren Hof kommen. Und irgendwie … erinnert sie mich an jemanden. Jemanden, den ich mal gut kannte. Bloß – an wen? Ich denke kurz nach, komme aber nicht drauf. Ist aber auch egal. Denn, wie ich eingangs schon erwähnte, interessiere ich mich ÜBERHAUPT nicht für Kinder! Nicht im Allgemeinen und nicht im Besonderen. Und damit auch nicht für dieses Mädchen, wer auch immer das sein mag!

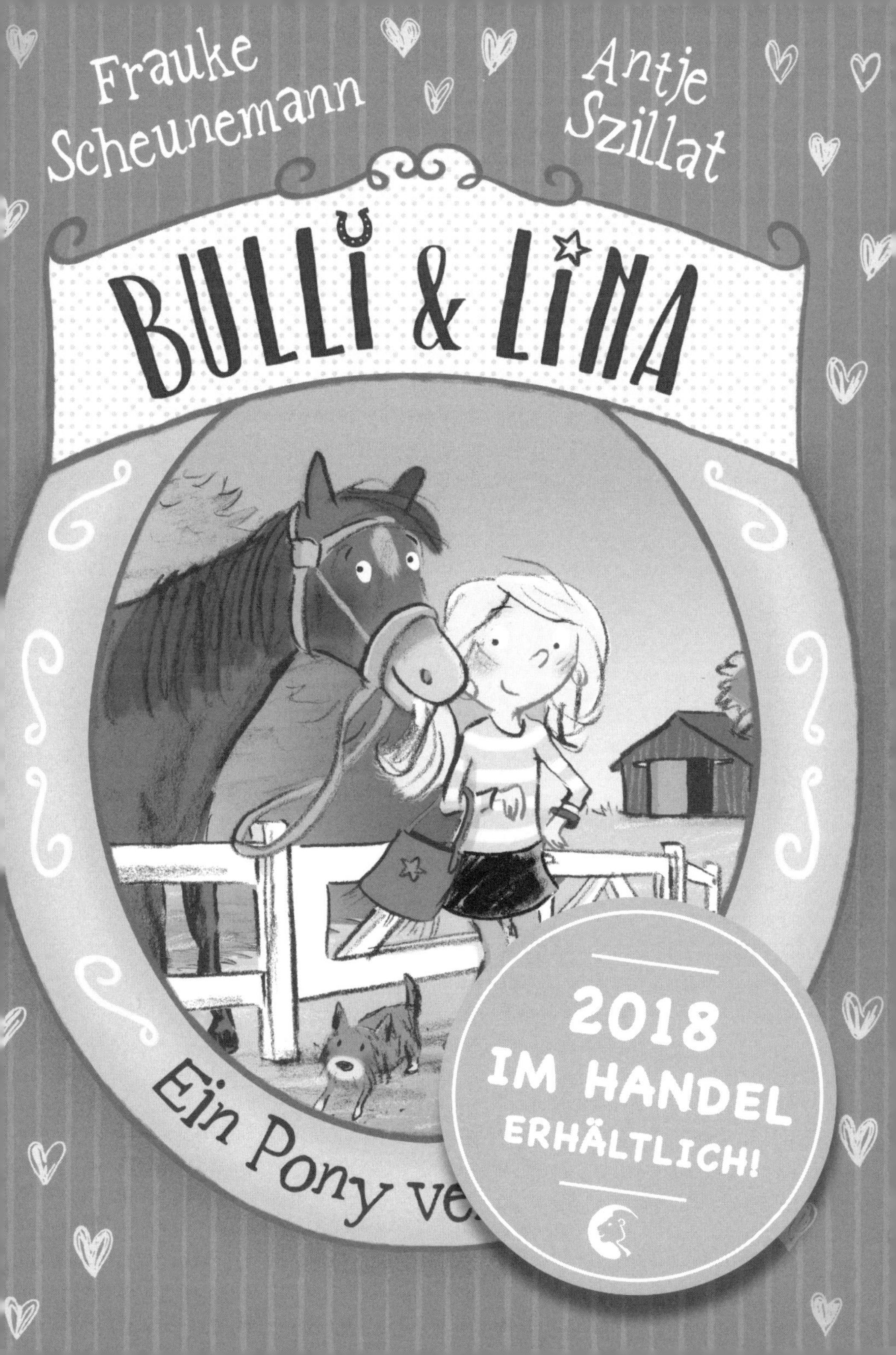
Frauke Scheunemann
Antje Szillat
BULLI & LINA
Ein Pony
2018
IM HANDEL
ERHÄLTLICH!